中国原始宗教文化图文丛书

彝族毕摩文化
YIZU BIMO WENHUA

信仰的灵光

起国庆 著

四川出版集团
四川文艺出版社

图书在版编目（CIP）数据

彝族毕摩文化：信仰的灵光/起国庆著 .—2 版 .—成
都：四川文艺出版社，2007.2
ISBN 978-7-5411-2526-3

Ⅰ. 彝… Ⅱ. 起… Ⅲ. ①彝族—原始宗教—研究—中国
②彝族—民族文化—研究—中国 Ⅳ. B933 K281.7

中国版本图书馆 CIP 数据核字（2007）第 019116 号

彝族毕摩文化
YIZU BIMO WENHUA
——信仰的灵光
XINYANG DE LINGGUANG

起国庆 著

责任编辑	胡 焰
装帧设计	邹小工 陈双喜
图片提供	欧燕生 杨兆麟 杨 军 段明明 罗韵希
	曾承东 云南民族博物馆 《民族》杂志社
责任校对	汪 萍 等
责任印制	晋 冰
出版发行	四川出版集团·四川文艺出版社（成都槐树街 2 号）
电 话	(028) 86259285［发行部］ (028) 86259305［编辑部］
邮政编码	610031
网 址	www. scwys. com
电子信箱	scwys@mail. sc. cninfo. net
防盗版	(028) 86697071
举报电话	86697083
印 刷	成都东江印务有限责任公司
规 格	889mm×1194mm 1/24
印 张	8.75
字 数	176 千
版 次	2007 年 3 月修订
书 号	ISBN 978-7-5411-2526-3
定 价	38.00 元

四川凉山美姑县彝族老汉

原始宗教产生于原始氏族社会。在当时，原始宗教的意识笼罩着整个社会，其他意识都必须依附原始宗教才能存在和发展。

古往今来，沧海成桑田。随着岁月的流逝，原始宗教的万物有灵、自然崇拜、动植物崇拜、生殖崇拜、图腾崇拜、祖先崇拜等信仰观念及其祭祀仪式、风俗礼仪等已濒于灭绝，但在有的国家和地区的民族中，原始宗教的祭祀活动、礼仪风俗仍有存留。这是原始宗教的文化遗留，也是人类原始思想文化的活化石，具有弥足珍贵的意义。

原始宗教是孕育原始思想文化的母腹，也是培育远古文明的摇篮。原始宗教中包含着丰富厚重的人类思想文化信息，蕴藏着原始哲学、原始思维、原始教育、原始天文历法、原始医药、原始音乐舞蹈、原始雕塑艺术、原始伦理法规、原始风俗民情等，它是原始思想文化的载体，宛如一棵根深叶茂的意识之树。

我国是一个地域辽阔、民族众多、历史悠久的泱泱大国。我国原始宗教文化内容丰富多彩，具有显著的民族特色和地域特色，其精华是中华民族传统文化的瑰宝，也是构建社会主义先进文化的基石。

从历史意义而言，今天我们去领悟中华民族远古原始宗教文化的真谛，如同我们去认识世界失落的文明，即古印度文明、爱琴文明、巴比伦文明、古希腊文明、古罗马文明、玛雅文明……以今人的眼光看我们原始先民的思想活动、社会活动、生存环境等，确实有难以理解之处，但如果我们置身于人类童年时期，就不会惊奇了。毕竟古人和今人的心灵是能沟通的，昨天是源，今日是流，中华民族传统文化就是这样一脉相承的。

中国原始宗教宛如一层神秘的面纱，覆盖着我国许多远古的文明。如距今一万八千年前的山顶洞人的遗迹，墓地遗骸头东足西的葬式、遗留的赤铁矿粉，显示了灵魂观念的产生。没有灵魂就没有观念，没有观念就没有文化。从这个意义上说，这是我国远古文明的曙光。雪域高原的古老苯教，象雄王国的故垒废墟，大漠孤烟中的萨满鼓声，丽江白水台的东巴灵洞，泸沽湖畔的格姆女山……这许许多多的文化遗迹，仿佛向我们诉说着遥远年代的文明。许许多多依然存在的文化景观，企盼我们去认识、观赏和开发，拂去历史的尘埃，展示它们独特的文化魅力。

《中国原始宗教文化图文丛书》，力求展示我国多民族原始宗教文化的亮点。首批问世的《心灵的火焰——苯教文化之旅》《信仰的灵光——彝族原始宗教与毕摩文化》《走进图画象形文的灵境——神游纳西古王国的东巴教》《银苍玉洱间的神奇信仰——白族本主崇拜》《大漠神韵——神秘的北方萨满文化》，是我们撷取的我国原始宗教文化长河中的五朵浪花，每本书各具特色，魅力四射。

本套书的作者都是多年研究、介绍中国原始宗教的专家学者，他们长年在我国边疆少数民族地区调研，书中内容多是他们在实地考察中获取的第一手资料。各书均是本民族作者写该民族原始宗教文化，读来亲切感人。

本套书融知识性和欣赏性为一体，图文并茂，相互呼应，让读者在阅读的愉悦中获取许许多多原始宗教的信息……

本套丛书因系初创编著，不足之处，请读者赐教，以臻完善。

杨学政
于云南省社会科学院
2003年

目 录

神秘的原始巫术

无处不在的禁忌

祈愿丰收的生产祭祀

灵光普照的日常生活

神圣的人生祭礼

神灵的颂歌与祭典

祈神乐舞与神画灵物

引　言

　　彝族是中国西南地区人口最多、分布较广的一个少数民族。由于受社会历史、自然地理等诸因素的制约，导致了各地彝族社会发展极不平衡。迄至1949年以前，各地彝区还不同程度地保留有奴隶制、封建领主制和封建地主制等多种社会经济结构，正是这样一个特殊的自然条件和社会环境，形成了彝族文化现象的多样性和复杂性，很多从远古时期传承下来的文化现象都可以在这里被发现，原始宗教与毕摩文化就是其中之一，它不仅在彝区有大量的遗存，而且始终影响着彝族社会生产和生活的各个领域。时至今日，这种影响还非常强烈。

　　笔者长期生活在云南永仁县一个僻远的彝家山寨，目睹和体验到原始宗教观念对彝族社会生活和思想意识的强烈影响。在云南民族博物馆从事民族传统文化的陈列展览和研究工作中，又有机会多次到各地彝区进行民族文物的征集和田野调查工作，积累了相关的资料，从而为撰写此书创造了条件。

　　彝族的原始宗教具有系统性、多样性、连续性等特点。它产生于万物有灵观念，主要包括了自然崇拜、图腾崇拜、祖先崇拜、鬼魂精灵崇拜、土主崇拜等几种形式。在自然崇拜中，彝族认为自然界中的神灵无时不在、无处不存，从而产生了对天地日月星辰、山石水火树木等自然现象的崇拜，且产生了相应的祭祀活动。图腾崇拜在不同的彝区都有一定程度的残存，主要表现于对虎、鹰、竹、马缨花等动植物的崇拜。彝族相信，这些图腾物与自己的祖先有某种特殊的虚幻的血缘关系，自己就是图腾物的后裔，图腾物具有保佑后代繁盛等方面的功能。祖先崇拜在广大彝区流传最为广泛，在彝族原始宗教的各种崇拜形式中处于中心地位，特别是三代近祖崇拜，构成了彝族祖先崇拜的核心内容。彝族的丧葬仪式、祭祖大典突出反映了祖先崇拜的观念。土主崇拜是彝族较为独特的一种信仰形式。土主可以是自然物，也可以是历史上的杰出人物。土主信仰是自然崇拜和祖先崇拜的有机结合。

在彝族的原始文化中，毕摩文化占有极为重要的地位，是彝族原始文化的灵魂。毕摩为彝语音译，源于彝族父系氏族社会时期的祭司和酋长。到近现代以来，毕摩基本脱离了政治阶层，主要职能限于主持彝族原始宗教祭祀活动，是彝族原始宗教活动的祭司和主持者。过去，彝族凡遇出征、合婚、丧葬、择吉、疾病、播种、建房、贸易及发生疑难之事，都要请毕摩前来占验吉凶、驱祸禳秽。遇到财产纠纷、调解口角、测试盗案，也同样要请毕摩主持神明裁判。

在彝族社会中，毕摩享有很高的地位，常被人视为知识最丰富的人。毕摩懂彝文、识经书，在彝族文字的创造发明和彝文古籍的整理、传承过程中，毕摩做了大量卓有成效的工作，现今保存下来的浩瀚的经籍，大多是通过毕摩传承下来的。

彝族相信很多事物都受神秘力量的支配，相信各种事物和现象都有吉凶祸福，所以也就产生了在某些场合禁说某些话、禁做某些事、忌食某些动植物，以免带来灾难的禁忌观念和禁忌行为。禁忌同样构成了彝族原始宗教的内容之一。彝族的禁忌形式和内容多样，体现在彝族的生产、生活等各个方面。

彝族的原始宗教信仰观念犹如散射的灵光，影响着彝族社会的各个层面。不论是从事狩猎、畜牧、农耕等生产活动，还是日常生活中的衣食住行、婚丧娶嫁，都伴随有一定的宗教祭仪。此外，彝族原始宗教对彝族的民间文学、年节、艺术的产生和流传也有一定的作用。

彝族的原始宗教在各地区的表现不尽一致，所保留的程度也有很大差异。一般而言，生产力发展水平较低，与外界接触较少的彝区以及居住于山区、半山区的彝族，原始宗教都有完整的保留，对彝族各方面活动的影响也较为强烈。相反，则仅有残存，对人们观念的束缚也较松。时代在变迁，社会在发展，原始宗教也必将随时代、随社会发生变化。

　　每年农历二月初三，云南弥勒县西山一带的彝族支系阿细人要举行规模盛大的祭火神仪式，阿细语称"木邓赛碌"。图中乔装打扮成的"怪兽"是火神的忠实卫士。届时，他们要挨户进入取到火种的人家中挥舞棍棒，以示驱除屋内的邪秽。

欧燕生摄

彝族原始宗教的基本形态

在彝族的原始文化中

原始宗教文化占有特殊的地位

原始宗教产生的思想基础

是万物有灵观念

传承的载体是民俗活动

流传的主要渠道

是固定的祭祀仪式

四川凉山彝族毕摩举行祭祀活动。

　　在彝族的原始文化中，原始宗教文化占有特殊的地位。原始宗教产生的思想基础是万物有灵观念，传承的载体是民俗活动，流传的主要渠道是固定的祭祀仪式。直到今天，原始宗教的自然崇拜、图腾崇拜、祖先崇拜、土主崇拜等在彝族的生产生活中都有不同程度的保留和存在，它们既相对独立又紧密联系，构成了彝族原始宗教信仰的系统性和统一性。

自然的人格化

自然崇拜是人类原始宗教的一种基本表现形式。在原始初民生活的时代里，谋求生存是人们面临的头等大事。但是由于生产力水平的极端低下，人们谋生的手段极为有限，面对变化无常的大自然，人们深感束手无策，只有完全依赖自然力的摆布。随着人类思维的发展，先民赋予不可抗拒的各种自然现象和巨大的自然力量以灵性，进行人格化的想像和加工，塑造出了自然界中人们崇拜的各种自然神灵。

云南石屏县彝族土地庙。庙内供奉三尊泥塑彩绘神像，居中手执长刀端坐者，掌管整个村落，左右两尊身着当地民族服装，形象逼真。

云南民族博物馆提供

天地日月星辰崇拜

拜天拜地

彝族认为，宇宙间的万物都由天神主宰。传说天神名叫恩体古兹，曾派遣儒子古达、署子尔达、司子低尼和阿俄署布四仙子开辟东西南北四方的土地，又派九仙子开创了地上的山河，地上的树、草、江、石也是从天神那里取来的。这都说明在彝族的观念中，天神具有无穷的威力。

天神崇拜产生于对天的敬畏，为了祈求万物的繁茂，便产生了相关的祭天仪式。云南昆明东郊彝族支系撒梅人每逢正月十五或三月十五日要举行祭天仪式。祭天分"大祭"和"小祭"。大祭由相邻的几个村寨联合进行，小祭由各村寨自己献祭。祭天的目的，正如祭司在祭天的祷词中所说："今天，我们五个村寨的善男信女来祭天，向天神还愿吉祥！我们十二个祭司为大家消灾祈福，请高高在上的天神送给我们福禄，保佑我们家口清吉平安、百事顺利！请南边的山神和西边的土主，不要让野牛、野猪、老熊、猴、獐子糟蹋我们的庄稼，伤害我们的果木，保佑我们人畜安康！请东方的井泉龙王普降喜雨，让我们能按时播种和插秧！"

祭天的祭坛设在山顶，用石块砌成，共三台，每一台代表一重天。以神树代表天神，祭坛前烧一堆柏枝叶，凡参加祭天的人均围着火塘边绕三圈，以便消除污秽和邪气。最后，主祭人抱一只白母鸡对天空祝祷："高高的天！月亮、太阳、星星！斗父斗母！北斗七星！南斗六司！请接受我们献祭。"说毕，将白母鸡扔向天空，人们争先恐后地追这只鸡。据说，这只鸡是献给天神的礼物，如果老年人抢到，表示年内福分大，如果年轻妇女抢到，就能生个胖儿子，如果小孩抢到，能长得特别壮实。最后，把鸡烧熟祭献给天神。①

昆明西山区团结乡、谷律乡彝族每逢农历七月十四、十五日要祭天神。届时，各村各户都将事先砍好的一捆白杨木扛到献祭场，当祭献于天神的猪被宰杀后，立即把白杨木抹上猪血带回，插在自

① 《中国各民族原始宗教资料集成》，第55～56页，中国社会科学出版社，1996年8月版。

家田头。次日清晨，各家自带公鸡到自家放置白杨木的田头，点香烛、杀鸡祭献，鸡毛撒入田间，以祈求天神保佑粮食丰收。

彝族不仅崇拜天，也崇拜大地。彝族认为，土地是人类生存的母体，万物滋生的源泉。庄稼、林木、牧草、瓜果生长在田地中，免不了会遭受病虫害。在他们看来，这都是田公地母的威力所致，从而产生了对土地的虔诚崇拜。

贵州三官寨彝族认为，地神主管农作物的生长、成熟，保护庄稼不受鸟虫害，庇佑干活人的安全，所以，地神的地位仅次于山神。过去有全村共祭和各家自祭两种，现主要以各家自祭为主。献地神也称献土公土母，每年祭三次。第一次在农历三月初三播种育苗时，第二次在六月初六谷子抽穗时，第三次在九月初九收割时。届时，杀鸡献祭，将鸡毛蘸血粘在茅草把子上，诵经祈求地神保佑庄稼丰收。同样，四川凉山彝族在播种完毕后，家家户户也要祭献地神，以祈求地神不要发生水旱和凶灾，不要降冰雹打伤禾苗。而大部分地区彝族的祭祀地神是在六月二十四日火把节期间。届时要到田边地角祭田公地母，祈求地神保佑五谷丰登。可见，各地彝族的祭地神活动，有其共同的目的，即祈求农业生产的丰收。

云南大姚县彝族土地庙里供奉的地神夫妇。用木板粗雕而成，一个神态冷酷，一个面带和善。

云南民族博物馆提供

祭日月星辰

日月星辰崇拜由来已久。据四川凉山彝文典籍《古侯》（公史篇）中记载：东方与西方，出现六个太阳七个月亮。莫木都布则神左手造出六个太阳，右手造出七个月亮。昼出六日，夜现七月，草木枯，庄稼尽。后来神人支格阿龙站在东方，射掉了五个太阳和六个月亮。但没被射死的太阳与月亮，需要日出时不肯出，需要月现时不肯现。支格阿龙就拿白阉绵羊来祭，拿白牯牛来祭，拿白公鸡来祭，最终请出了太阳和月亮，从此日出亮煌煌，月出明朗朗。[①]

上述原始神话表明彝族先民曾与自然干旱作过顽强的抗争，当人们感到无力战胜日月之后，便转向对日月的祈求和祭祀，这正是产生日月崇拜的心理基础。

① 何耀华：《彝族的自然崇拜及其特点》，载《中国西南历史民族学论集》，云南人民出版社，1988年9月版。

丁文江《爨文丛刻·献酒经》也记载，未祭日月星辰时，"荣日不显光，明日多晦暗，星宿也无光，黑暗暗，昏沉沉似然"，敬酒祭献以后，"荣日耀月明，星宿多辉煌，俯察于地里，四时不反常"，说明了早在远古时代彝族先民就已开始祭祀日月星辰活动。

滇南彝族将每年农历十一月十九日作为传说中太阳的生日，届时，家家户户要杀一只大红公鸡，煮一碗糯米饭，连同两盅茶水和酒祭祀太阳。又传，农历八月十五日是月亮的生日，届时，各家各户要用糯米粑粑、糖果祭献月亮公公。

星宿也是彝族崇拜的对象，彝族认为星神能掌握人间的命运，故常延请毕摩依星宿来推测吉凶。现今滇西彝族于每年农历正月初二要祭星星。昆明西山区谷律一带的彝族，每逢正月十五要在秋架脚下祭供，点香磕头，以感谢星神下凡来教彝族先民荡秋。关于祭秋架，传说中说：古时候，世间人烟稀少，彝族始祖十分孤单，每当夜幕降临，常因孤单而哭泣。一天，哭声传到天上，感动了星神，星神于是变成美女下凡与他一道荡秋，但每至天亮时，星神就告辞返回了，有一次返回后再也不曾下凡。为了纪念星神，彝族就以祭秋架来祭她，并世代流传下了荡秋的习俗。

山石水火树木崇拜

祭山神

由于彝族长期居住在山区、半山区，他们的生产、生活都和山区有关，因此彝族也把高山视为神灵。凉山彝族创世史诗《勒俄特依》中说：四根撑天柱，撑在地四方；东方的一面，木武哈达山来撑；西方的一面，木克哈尼山来撑；南方的一面，大木低泽山来撑；北方的一面，塔乐补惹山来撑。在他们看来，山是山神的化身，山神有撑天之力，在诸神之中，山神有无穷的威力，它能制服一切妖鬼邪魔。四川凉山彝族毕摩在《请神经》中所列举的神灵几乎都是山神，但各地各家支的山神却不相同。据有关调查记载说，四川美姑县的吉叶苏洛贝山，汉名黄茅埂，神名阿朱阿洛，意为黑狐

每年农历正月十五，云南石林县跃宝山村的彝族支系撒尼人要举行全村性的祭山神活动。图为家家户户在山神庙前宰公鸡祭献山神，祈求山神的庇护。

狸；越西县、冕宁县交界的鄂尔者乌山，汉名小相岭，神名鄂至惹遮，意为一对猫头鹰；西昌市、普格县之间的汝牛岩哈山，汉名螺髻山，神名阿赫曲者，意为一对白斑鸠……从中可以看出山神具有地方保护神或村社神的功能。

滇黔很多地方的彝族也将山神视为村社的保护神，认为山神司辖整个村寨的人丁、庄稼、牲畜，故祭祀规模隆重。云南石林县跃宝山村的彝族支系撒尼人在村背后的密林里建盖有一座山神庙，庙中用粗石垒砌成一座尖山的形状，作为山神的象征。每年农历正月十五，各家各户的男子都要前往祭祀。为保护山神的神性，祭祀严禁妇女和外村人参加，平时严禁任何人踏入神庙，更不准在林内放牧、折枝，常年由公推的老人专管山神庙。祭祀结束后，还要举行摔跤比赛，表示将村中的邪秽驱除，保护村寨的清吉平安。贵州毕节三官寨彝族，过去每逢久旱久涝或应战出征等情况，也要举行全村性的祭山神活动，祭祀地点在牛圈山。届时，由毕摩主持祭仪，全村成年男子参加，牺牲需用未穿过鼻子的小公牛。

云南巍山县彝族还认为山神主宰兽类。当地彝谚说："山神不开口，老虎不咬人。"为使在山上放牧的人畜不受山中野兽伤害，进山打猎能顺利平安，要在每年农历二月初八、六月二十五和十二月三十日祭山神。云南永仁县恩就村彝族于农历正月初三祭山神，目的也是祈求山神保佑牲畜的平安。

云南石林县彝族在祭山神活动中进行的摔跤比赛。传统上夺冠者通常为外村寨的人，且当晚须离开本村寨，意为大力士驱除了滞留在村寨中的邪秽。

祭山神期间，云南石林县彝族要进行摔跤比赛。图为乐队吹奏神乐绕摔跤场一圈，俗称"踩跤场"。

彝族观念中的山神，各地有不同的象征物。有的以大山作为山神的象征，有的以山神庙作为象征，有的以一块石头作为象征，有的又以一棵大树作为象征，反映了彝族丰富的山神崇拜内涵。

祭石神

在原始时代，石头不仅是先民的主要生产工具，也是与猛兽作斗争的有力武器。由于生活在远古时代的先民不能正确认识石头的属性和本质，当看到奇形怪状的山石以及它们对人畜造成的危害时，以为石头具有超人的神力，产生了对石头的畏惧，进而出现了石崇拜。

彝族对石神的崇拜，形态多样，石崖、石块、石兽、石峰以及锅庄石等等，都被视为崇拜对象。从功能上看，石神具有护佑村社与家庭、求育、祈福、保命等方面的内涵。

据调查，仅云南巍山县境内，彝族膜拜的大石就有七处：天耳山上的天耳石，棋盘山上的棋盘石、系马石和石箭，巍宝山的盘石、盟石、甸尾石等。至今，每年农历二月初一到十五日的朝山庙会期间，当地不少彝族要到大石前插香、礼拜、磕头，祈求石神降福。①云南云龙县彝族，则在农历正月初一早上请石神。届时，家中男性老人最先起床，在家祭祖后，到大门外拾一块石头带回，藏于家中堂屋门后，表示请回了石神，把福气迎到了家中。云南峨山县彝族，几乎家家户户楼上都供奉有石神，设有专门的祭台，其后侧插一枝呈三杈状的松枝，用以象征人丁兴旺。

云南双柏县麦地冲彝族村寨前后都立有石虎。据说，不会生小孩的妇女只要在村前那只多仔的母石虎前许愿烧香，就能生育，而如果要想生男孩，到村后的公石虎前烧香膜拜，摸摸石虎的睾丸，就能生子。云南石林县彝族支系撒尼人还认为石神能保佑孩子不受病魔侵犯。为了求得孩子的健康，小孩生病时，父母常带孩子去祭献石头，并为孩子取一个带有石字的名。云南景东县太忠一带的彝族认为石神主管玉米、瓜菜不被偷盗，故祭石的目的是防止庄稼被人偷盗。

彝族的石崇拜还表现为以石头象征山神、树神、密枝神、祖先神等各自然神灵。前述云南石林县跃宝山村彝族，山神庙里的山神用石头垒砌而成，形似一座尖山，每年正月十五举行大规模祭祀活动。该村的密枝神也以一小块褐黄色石头为象征，每年鼠月鼠日举行大祭。彝族火塘中的锅庄石，也被视为火神和祖先神的象征，存在着种种禁忌。云南永仁县彝族的树神、牧神同样以一块石头为象征。可见，彝族的石神崇拜具有多方面的功能。

祭龙王

祭龙王是水崇拜的一种表现形式。在彝族的观念中，龙王是专管雨水的神灵，当发生旱涝时就要举行祭龙王活动。云南巍山县彝族普遍流传着祭龙潭习俗。当地彝族认为龙潭是龙神的驻所，出水的地方就有龙，水塘是龙踩下的脚印。这里的彝族几乎每个村寨都有龙潭，凡村中、村前、村后供人饮水的水塘都称龙潭，彝语叫

①王丽珠：《彝族祖先崇拜研究》，云南人民出版社，1995年2月版。

云南弥勒县彝族的龙神祭坛，平时禁止人畜走近。

街顺宝摄

"绿字喝"。龙潭平时严加保护，用雕凿有龙图的石头、石条在龙潭上面盖一间小屋。逢天旱时，村民们以猪头、酒祭献，并诵经祈求龙王降雨，保佑庄稼丰收。

大部分彝族地区的祭龙活动有固定的时间。云南永仁县彝族于每年农历四月初属龙日举行，地点选在村旁树木茂密的箐沟里，当地彝族认为这种地方是龙的居所，称为龙树林。龙树林里的树木严禁砍伐。祭祀活动由毕摩主持。届时，毕摩在龙树林水边设一神坛，点香，摆上米、粑粑、盐、酒等供品，并杀猪供上猪头。毕摩念经求雨，并将猪肉按户分发后在龙树林中野餐。云南弥勒县西山的阿细人，也以水塘作为龙神的象征，逢农历三月属龙日合村杀肥猪祭祀。云南巍山县彝族，一年中过两次祭龙节，一次是在农历的五月十三，届时，全村男女老少汇集到村中的龙王庙里烧香磕头，杀猪宰羊，祭献祷告，称为"祈龙"；一次是在农历的六月十三，村民同样集中在龙王庙中杀猪宰羊，称为"谢龙"。

祭龙是各地彝区普遍存在的一种祭祀活动，其目的大多与农业生产相关联，绝大多数是祈求雨水。但有的彝区，祭龙、过祭龙节是为了祈求龙王不要让河水泛滥来淹没庄稼。出于这种目的的祭龙，又称为祭干龙、赶龙洞会、祭天干龙神。云南鹤庆县彝族，每年的农历五月十三日要赶龙洞会。届时，彝民齐集到一个山洞旁，由德高望重的老人主持祭祀仪式。云南大理者摩一带彝族于农历二月初八祭天干龙神，仪式由毕摩主持。届时，每户出一名男子，拿八炷香、一碗米来到村后的一棵大树下集中。毕摩先在大树下竖起"天干龙神"牌位，然后杀猪、烧猪，煮一大锅猪血稀饭，将生猪头供奉在"天干龙神"牌位前。祭毕，分食猪血稀饭。回家的时候，参加者不能过沟过河，遇有沟河要绕道而行，据说不这样做，龙神会大怒，发洪水淹没庄稼。[1]

有些地方的彝族认为，龙神还能给家人带来福禄、财运。云南永仁县彝族认为水井里有龙，每年大年初一，当天还未亮时，人们就争先恐后地来到水井边，先燃香化纸，用猪肉、酒、饭祭献水井后立即担水回家。据说，谁担回龙正在喷出来的水，就会给家里带来福禄、财运。所以，人们都争着抢挑第一担水。

祭火神

彝族大多生活在高寒山区，御寒需要火，防御野兽需要火，耕作山地需要火，彝族一年四季吃在火边，睡在火边，对火的依赖性特别大。在原始时代，彝族先民对火缺乏正确认识，加之彝族先民对火不能很好地控制和利用，火经常给先民带来灾难，于是先民们

[1] 王丽珠：《彝族祖先崇拜研究》，第103页，云南人民出版社，1995年2月版。

"祭火神"当晚，夜幕降临，毕摩用新火种点燃篝火，村民们用圣火点起火把，开始了
歌舞狂欢之夜。　　　　　　　　　欧燕生摄

跳火堆，越火栏，彝族村民们围绕篝火狂欢起舞，预示一年的生活将更加红火。

欧燕生摄

便将这一切都归之于火神的作用，产生了火崇拜。

彝族认为，火神具有驱秽禳灾的神力，祭火的目的，是为了祈吉驱邪。广泛流传于各地彝族地区的火把节，也称祭火把。火把节有一个共同的活动内容，就是要举火把照遍家中的各个角落，驱除家中、村中的邪魔，同时，还要举火把照田，占岁丰年，以达到驱除害虫的目的。

昆明地区彝族支系撒梅人，每当村寨发生人畜瘟疫，都要请毕摩用火来消除百病。先派人到山上砍回松枝、侧柏叶、尖刀草、马桑枝、大挂刺等，放在村中空地上焚烧，当火苗渐弱下去的时候，人们便一个跟一个地从火上跳过，认为这样会为病人消除百病。同时，人们还把有病的牲畜从火堆中赶过去，以除瘴气。彝族相信，通过此法即可消灾除秽，反映了彝族对火的崇拜。

有些地方的彝族，为了避免火烧房屋，要举行送火神仪式。云南石林县彝族支系撒尼人，每年正月都要送火神。云南巍山县彝族但凡村寨发生火灾或村寨旁坠落流星，都认为是冲撞了火神，必须请毕摩诵经送火神。白天在土主庙举行集体祭祀后，晚上在火灾发生地设祭坛、供祭品，并做一个竹滑竿，用纸扎成轿状，放在祭坛

旁，毕摩诵经，祈求火神保佑平安。最后参祭者将竹滑竿抬到村外岔路口，以示送走火神。云南弥勒县彝族支系阿细人在每年农历二月初三，要举行盛大的祭火神活动，阿细语称"木邓赛碌"。清晨，妇女们穿上盛装后，煮好糖水鸡蛋，把家中火塘里的旧火熄灭，备好祭火用品以迎新火种。毕摩带领村里公推产生且满身化装的青壮男子，抬着早已备好的"火神"（一个四肢伸展的纸裱人）到"神山"上取火种。取到火种后，"火神"左手高举火炬，右手持木刀穿梭于大街小巷。"火神"所到之处，家家户户将预先备好的圣酒洒向"火神"，并将供品敬献于火神座下，同时虔诚地取回新火种置于自家已熄灭的火塘内加薪燃起，常年不灭。与此同时，护送"火神"的人，挨户进入取火种的人家屋内喊喊打打，挥舞木刀，表示把屋内的"邪气"驱逐出门。①

彝族火崇拜也反映在祭献火塘上。每年农历十二月二十八日晚，云南永仁县箐头村彝族家家户户都要祭献火塘。在火塘的左上方插上一炷香和一枝青香树枝，铺上松毛，供上米、酒、盐等祭品。杀鸡、烧钱纸，鸡尾在钱纸火焰上燎一下，拔下几根尾毛，蘸血后与

火神，彝族阿细语称"木邓"。传说远古时是木邓用钻木取火法为彝族带来了光明，故火神以他的名字命名。图为两名青壮年男子在"五色人"的护卫下，将火神抬到村寨固定地点。火神所到之处，村民们纷纷前来取新火种，将火神置于家中火塘内，加薪燃起，大塘中的火终年不得熄灭。

欧燕生摄

① 李运禹：《阿细人的"祭山神"》，载《彝族文化》，1994年刊。

香插在一起，称为"生祭"，煮熟后再祭一次，称为"熟祭"。从第二天早上起，早晚插香献祭品，家中吃什么献什么，一直要到大年初二晚为止。[①]彝族认为，火塘是火神所在地，火塘之火终年不能熄，明火熄了，也得用草灰盖上以保存火种，表示烟火不断，人丁兴旺。

祭树神

彝族既然认为山林是由山神统管，那么生长在山中的树也就附有神灵。彝族的树神崇拜同样较为普遍，树神在彝族观念中也具有多种功能。

云南大理一带的彝族认为树曾救过他们的祖先，所以，每年农历二月初七、二月初八、七月十四要祭树神。传说，古时有一位彝族的祖先没有吃的，快饿死的时候，爬到山上的一棵大树下躺下，不一会儿，一头小野伢猪来到大树下，他用随身携带的斧子砍开小野伢猪的胸脯，取山火烧肉吃。身体恢复后，就在大树下搭窝棚生活下来。现今，这里的彝族祭树神，都是以村为单位，凑钱买一头伢猪，每户出碗米，将猪杀死后，用火烧毛，然后用一把斧子放在猪胸脯上祭祀。云南巍山县庙街乡彝族，于每年农历二月初八要过树王节。以村后面的一棵大树为树王，并称这棵树为"青猫树"。是日，全村男女老少集中到青猫树下，杀一头全黑的伢猪祭献，以感谢曾经拯救过他们祖先的树王。

贵州纳雍县一带的彝族又将神树称为护寨神，于每年农历的三月初三祭树神，以祈树神的保佑。

云南富民县彝族认为，树神是家庭兴旺的象征，是彝家的保护神。每年农历六月二十四、八月十五，各户家长聚集神树下，先在树根下撒青松毛，插一根呈三杈状的松枝，点三炷香，代表祭坛。在神树下杀羊祭献，族人跪拜祷告求吉。

在彝族地区，神林、神树严禁攀爬、折枝，更不允许砍伐放牧。有的神林，平时也不准踏入。每当走进彝家山寨，看到村旁郁郁葱葱的树林，村中古木参天的大树，那一定就是神林神树了。

---

① 李福云：《永仁县箐头村彝族原始宗教调查》，载《彝族文化》，1994年刊。

$$2$$

虚幻的图腾祖先

在氏族社会时期，原始先民普遍认为本氏族、本部落的祖先乃至自己，与某些动物、植物、无生物或自然现象之间都存在着特殊的血缘关系，并深信它们能保护本氏族、本部落，这就是图腾观念。"图腾"最初源于北美印第安人阿尔衮琴部落奥吉布瓦方言中，含义是氏族的标志或象征、氏族的亲属等。

图腾崇拜就是在虚幻的血缘观念基础上产生的一种原始宗教崇拜形式，曾广泛流行于世界上各原始民族之中。到近现代，彝族社会中还存在一些图腾崇拜痕迹，并主要表现于植物图腾崇拜、动物图腾崇拜和无生物图腾崇拜三个方面。

竹的后裔

竹崇拜曾广泛存在于滇、黔、川、桂各地彝区。到近现代，很多地区的彝族还保留有将竹子作为祖先图腾加以崇拜的习俗。彝族认为自己的祖先从竹而生，祭竹就是祭祀祖先。

彝族反映竹图腾崇拜内容的神话很多。桂西彝族说：远古的时候，有一节兰竹筒中爆出一个人，这人名叫亚槎。他住在地穴里，穿的是芭蕉叶，吃的是野鼠和果类。有一天，他在麻达坡拣拾野梨果，偶然看见一只形貌似猿的猕子，睡在梨树下一动不动，于是亚槎与猕配为夫妻，繁衍下来的子孙就是彝族。[1]贵州、四川等地的彝族也流传着自己的祖先是从竹筒中出生的传说。

彝族的竹图腾崇拜还体现在祖灵的设置风俗中。根据雷金流的调查，过去云南澄江松子园的彝族，以金竹作为祖神，并称为"金

[1]雷金流：《广西镇边县的罗罗及其图腾遗迹》，载《公余生活》，第3卷第8、9期合刊。

竹爷爷"。当地彝族老人死后，也用金竹作灵位。彝族认为，彝族源于竹，死后同样要变成竹。以竹筒、竹节代表祖灵，是现今各地彝族普遍保留的图腾遗风，体现了彝族"祖变为山竹，妣变为山竹"的图腾崇拜观念。

彝族的竹图腾崇拜观念也反映在一些生育习俗上。既然认为自己是竹的后裔，所以婴儿出生后就有获得自己特殊身份的习俗。如广西隆林、那坡及云南富宁县的彝族村寨中，都种有一丛兰竹，彝族视之为种场。当妇女分娩后，要立即将胎衣、胎血放进兰竹筒里，塞上芭蕉叶，拿到种场，悬挂在兰竹枝上，以表示母婴都是兰竹的血裔。[①]

马缨花始祖

彝族的马缨花图腾崇拜主要流传于滇中、滇西、滇南地区。这些地方的彝族认为，马缨花与祖先存在血缘联系，为了取悦祖先，祈求祖先的庇佑，每年农历二月初八要过马缨花节，也称赶花山节、插花节、祭祖节。

彝族认为，马缨花是彝族的祖先，彝族的始祖也可以变成马缨花，马缨花与始祖能够相互转换。云南楚雄市彝族说：洪水滔天时，洪水淹没了一切，只剩下两兄妹躲在葫芦中被老鹰救起。金龟老人为了繁衍人类，用烧香、滚簸箕为卜，让两兄

云南禄劝县彝族祖灵筒。
普学旺摄

①雷金流：《滇桂之交白罗罗一瞥》，载《旅行杂志》第18卷第6期。

妹成了婚。婚后生下了一个大肉团，金龟老人把肉团劈开，从肉团里跳出来五十个童男、五十个童女，金龟老人又用刀把流着血的血胞甩到一棵树上，这棵树就开出了红彤彤的马缨花。而五十对童男童女互相婚配又繁衍了人类。

云南禄劝县彝族又传说：洪水泛滥时，天下人都淹死了。只有阿卜笃慕藏在木筒里随水漂流，流到洛尾白遇救。阿卜笃慕和天上的三个仙女结婚，生下六个儿子。阿卜笃慕就在洛尾白给六个儿子分家。老大老二留在云南，老三老四去了四川，老五老六搬到贵州。留在云南的老大生了十二个儿子，这十二个儿子除小儿子没有变外，其他的都变成了树木、鸽子、野兽等；老二名叫阿窟，他的儿子变成了一株马缨花树。

同样，云南楚雄彝族也说：洪水泛滥时，世上的人都淹死了，只剩下了人种阿卜笃慕兄妹俩。后来阿卜笃慕与妹妹及三个仙女结婚。四个女人各生下九个娃娃，共三十六人，再繁衍出天下众多的人。阿卜笃慕死后，上了天。后来，他记挂地上的儿孙，又下到人间。他靠在一棵树上就不见了，树上便盛开出红艳艳的马缨花。后来，人们就把马缨花当成了彝家的祖先。

除彝族的马缨花神话外，有些地方的彝族祖先灵位还必须用马缨花木制成。云南武定、禄劝县彝族作大斋祭祖时，要选一节长约一尺、粗若碗口的马缨花木制作灵位。彝族支系密岔人祖宗的灵位也只能用白马缨花木制作。其制作方法是：人死后，毕

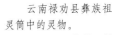

云南禄劝县彝族祖灵筒中的灵物。

普学旺摄

摩带孝子上山选中白马缨花树后，先含酒喷树，然后撒米为卜。米沾得多的那棵树即是祖魂依附于上的神树，由孝子将其砍下，取三寸长的一段交给毕摩雕刻成木人，耳朵银嵌，眼睛上盖以红绿布，最后用红绿线扎在一块木板上就成了祖宗灵位。

云南楚雄、大姚等地彝族的姓氏中，同样反映出马缨花崇拜意识。如楚雄彝族支系罗罗颇李姓中，因制作祖先灵位的木料不同而区分为"白马缨花李"、"松树李"、"竹根李"。虽然都是李姓，但因祖神有异而无法攀亲。而不同姓而祖神同为白马缨花木的则被视为一个宗族。大姚的白马缨花李和楚雄的白马缨花李虽相距很远，也被认为是同一祖宗的后代，可以相互认亲。彝语称马缨花为"咪"，彝族以"咪"为姓者不少，如咪开真颇、咪依花颇等。尤其值得注意的是，云南武定县彝族的墓碑中，至今有自己的祖世出自马缨氏族的记述。例如该县发窝乡咪哩莫村坟山上有一块清代咸丰六年（1856年）的彝族墓碑，上用彝文记述说："祖源吉朵世索乍祖慕雅枯，慕枯勒期氏马缨树裔孙。"[①]由此可见，彝族马缨花崇拜的历史很早。

虎与鹰的氏族

彝族的动物图腾崇拜的对象有虎、鹰、鹿、猴、水牛、蝴蝶、绵羊、岩羊、獐子、熊、鼠、白鸡、绿斑鸠等等，其中以虎、鹰图腾崇拜较为普遍。

彝族将虎作为图腾始祖，视自己是虎氏族的成员。彝人老死后要返归为虎的观念在史籍中早有明确记载。

至今，彝族虎图腾崇拜的遗迹仍有保存。云南南涧、弥勒、景东、南华、楚雄、双柏、宁蒗等地彝族自称"罗罗"或"罗"，称呼虎也为"罗"，公虎叫"罗颇"，母虎为"罗摩"。彝族的族名与对虎的称呼相同，表明彝族属于虎氏族。此外，自称"罗罗"的彝族，每家还供有一幅由巫师绘制的男女祖先画像，称为"涅罗摩"（"涅"义为神灵或祖先），即把男女祖先合称为母虎灵或母虎祖先。当举行祭祖大典，将三代以上的祖先灵位送入祖公洞时，要将绘虎头的葫

①朱琚元编：《彝文刻译选》，云南民族出版社，1998年版。

芦瓢悬于大门门楣上，表示这家人是虎的子孙，正在祭祖。云南小凉山彝族中有不少人名、家支名以虎命名，如"罗摩"（母虎）、"纳罗"（黑虎）、"拉摩"（母虎）等。云南小凉山有彝村名"腊莫"、"腊母"、"罗摩"，楚雄哀牢山有彝村名"罗摩"，含义均为虎。彝族民间还保留有不少的祭虎仪式。云南南涧县城西南有座大山，名叫老虎山，被当地彝族奉为祖山。每年的农历二月十三日至十六日，居住在附近的彝族就上山搭灶搭棚，杀猪宰羊，烧香磕头，唱歌跳舞，以此来取悦祖先。这里的大部分彝族人家还用石头或泥土雕塑成小老虎，供在自家的晒台上或堂屋供桌上，时时进行祭祀。

在彝族服饰上，同样显现出虎图腾崇拜意识。川、滇彝族的服饰多有虎图腾崇拜的印迹。小孩戴虎头帽，穿虎头鞋，男子上衣襟边沿绣虎、豹、鹰、龙四个彝文，妇女衣服上绣有虎斑、虎纹图案，妇女背小孩的裹背上绣有老虎形象等。彝族将虎的图案表现在服饰上，

云南丘北县普者黑彝族村寨前高高地立有一尊石虎，以镇守村寨。

杨兆麟摄

一方面是祈求虎祖先的庇佑，另一方面表示彝族是虎的后代，永远都不能忘祖。

彝族的虎图腾崇拜观念也反映在彝族民间的神话传说和史诗中。云南南涧县彝族就流传着祖公会变虎的传说。而著名史诗《梅葛》则认为，宇宙万物都是由虎尸肢解而产生的。云南祥云县毕摩所诵《祖先造天地》中说，天地是由祖先俄罗布创造的，当天地造好以后，祖先又变成了老虎，老虎躯体的各个部分又化解出了天地间的一切。其颂词说：

俄罗布造天地，天地造好了，空空荡荡不成景。俄罗布变成虎，舍身献给天和地。左眼作太阳，右眼作太阴，眉毛来闪光，鼻子发雷声，耳朵来扯闪，嘴巴刮大风，虎牙作星星，虎油作云彩，虎肉作土地，虎尾作地脉，虎毛变草木，虎骨变山脉，虎气变雾气，小肠作小河，虎筋变道路，汗垢变人类。[①]

彝族除把虎视为图腾祖先，也将鹰当成自己的图腾始祖，认为彝族的祖先是与鹰交合后生下的，由鹰精心哺育成长。有关彝族父系祖先支格阿鲁的神话广泛流传于滇、川、黔各地彝族中。

凉山彝族说：一个彝族少女蒲莫列依去玩鹰，鹰滴下三滴血落在姑娘身上。一滴滴在头上，发辫穿九层；一滴滴在腰间，毡衣穿九层；一滴滴在姑娘的下部，百褶裙穿九层。结果姑娘怀孕后生下了儿子支格阿鲁。这则神话说明鹰即是支格阿鲁的父亲。

同样，流传于云南楚雄彝族地区的神话史诗《阿鲁举热》也说：在远古的时候，有一只岩鹰从空中飞过，滴了一滴血在彝族姑娘身上，姑娘怀孕后生下的儿子就是支格阿龙。这个地区流传的另一神话又说：从前，有只老鹰在空中飞翔，其影子在姑娘的身上罩了三罩，老鹰身上的水，一滴滴在姑娘的锣锅帽上，一滴滴在姑娘的披毡上，一滴滴在姑娘的百褶裙上，姑娘怀孕后，在属龙的那天生下了儿子，生下后又放到树上由老鹰哺育，因此取名阿鲁举热。彝语"鲁"为龙，"举"为鹰，"热"是儿子之意，阿鲁举热就是老鹰的儿子阿龙。由此可见，上述神话中的支格阿鲁、支格阿龙、阿鲁举热

① 王丽珠：《彝族祖先崇拜研究》，第10～11页，云南人民出版社，1995年版。

实际是一个人，都是鹰的后代。正如阿鲁举热对空中飞来的群鹰所说："我是鹰的儿子，我是鹰的种子。"

彝族对鹰的崇拜还反映在主持宗教活动的毕摩的法器上。许多地方的彝族毕摩外出主持宗教仪式，都要戴上一顶神帽，神帽檐上均垂悬有两只鹰爪或木雕老鹰。当问及为何要悬鹰爪时，毕摩将会毫不犹豫地回答：老鹰是神鸟，是救护祖先的护法神，具有祛鬼禳祸的神力，只有戴上悬鹰爪的神帽，作法事才能灵验。

此外，有些地方的彝族在1949年前还保留有其他的一些动物图腾崇拜遗迹。云南新平县扬武坝鲁魁山彝族就以绿斑鸠为祖先图腾，虔诚崇拜，禁杀忌食。

葫芦衍生的子民

在彝族的无生物图腾崇拜中，葫芦崇拜最具代表性。

云南双柏县彝族传说：在远古洪灾来临之前，彝族始祖阿卜笃慕从天神那里得到了一粒葫芦种籽，葫芦籽种下后，不多久就结出了一个大葫芦。洪水泛滥的时候，世上的万物都被洪水淹没了，只有阿卜笃慕躲入葫芦里避过洪灾而幸存下来，后来，阿卜笃慕与四位天女结了婚，重新繁衍了人类。

类似的神话，在彝族著名的长篇叙事史诗《查姆》中同样有记载：在洪水来临之前，经仙人涅侬撒萨歇的指点，阿卜笃慕两兄妹事先种出一个葫芦，洪水来临时，他俩挖空葫芦当做船而幸存下来，后来听从仙人的旨意配婚，才繁衍了天下人类。

上面两则神话，乍看甚为荒谬怪诞，实际上蕴含着两层含义：一方面反映出葫芦在洪灾中搭救始祖，使始祖得以幸存下来；另一方面表明葫芦与彝族的祖先有一定的血缘联系，这正是图腾崇拜观念的精髓之所在。

将葫芦视为祖先，并将葫芦奉为祖灵的习俗，到近现代，云南哀牢山彝族还有保留。据调查，云南南华县摩哈苴彝村，在1947年时有七十五户人家，分别姓鲁、李、罗、何、张、杞等汉姓。其中的李姓和罗姓，均将葫芦作为祖先灵位供奉。每家供奉有三个葫芦，每个葫芦象征一对男女祖先，即曾祖父母、祖父母、父母三代。[①]在当地彝语中，葫芦和祖先这两个词也完全一致，都称为"阿普"，反映了葫芦即祖先、祖先亦为葫芦的图腾观念。

除葫芦崇拜外，滇、川、黔的有关彝文古籍中，也记载有其他的图腾崇拜内容。如四川凉山彝族创世史诗《勒俄特依》中的《雪子十二种》，把人类和草、树木、藤子、蛙、蛇、鹰、熊、猴等动植物的起源都归于雪，认为它们都是红雪的子孙。"雪族子孙十二种，有血的六种，无血的六种。无血的六种是：草为第一种，黑头草分去，住在草原上，遍地都是黑头草；树木是二种，柏杨是雪子；杉树是三种，住在杉树林中；毕子（指水劲草）是四种，毕子切结（亦指水劲草）是雪子；铁灯草是五种，铁灯草也是雪子，住在沼泽边；勒洪藤（一种盘树或沿岸而长的藤子）是第六种，住在树根岩壁边。"[②]

《勒俄特依》的姐妹篇《古侯》（公史篇）也同样记载道："兔子是白雪之子，蝴蝶是白雪之子，素素（一种木本植物）是白雪之子，麦冬是白雪之子，人也是白雪之子……雪衍十二子，十一种渡水，武拿人未渡。"这说明彝族先民曾以白雪为图腾崇拜对象，人与其他的十一种动植物、无生物都是白雪的子孙，都有共同的祖先。实际上，除人以外，这十一种动植物所代表的就是十一支氏族的图腾，或者说它们是十一支氏族的徽号或标志。

贵州彝文经籍《人类历史》（帝王世纪）也记载，贵州水西彝族安氏之祖希母遮，下传二十九代至武老撮，武老撮有十二子，当中十一子依次变成了妖、绿、鸣、虎、猴、熊、蛇、蛙、蚱、鸡、犬。同样，这十一种动物也是彝族各家支或各支系的图腾标记。

① 刘尧汉：《中国文明源头新探》，第225页，云南人民出版社，1985年8月版。
② 《凉山彝族奴隶社会》编写组编：《凉山彝文资料选译》第1集，第30～35页。

血缘祖先的崇拜

彝族以动植物、无生物等作为图腾祖先，实际上是一种虚幻的、主观臆造出的血缘联系。真正意义上的祖先崇拜是以血缘为纽带的氏族关系，即祖先与后代之间客观存在的血缘联系。正因为如此，彝族相信通过善待祖灵，时时祭奉祖灵，就可获得祖灵的庇佑。所以，不管在日常生活里，还是年节活动中，彝族都要虔诚地祭祀祖先，从而形成了血缘祖先崇拜在彝族诸崇拜形式中的中心地位。

三魂观与三灵观

在彝族的信仰观念中，其祖先具有"三魂"和"三灵"。这种观念始终影响着彝族的生产和生活，并形成了相关的仪俗。

彝族认为灵魂附在人体上人才能生存，灵魂一旦游离于人体，人就要死亡。人死后灵魂仍然存在，死者的灵魂既可以变成鬼也能变成神。鬼是由未能及时得到招附归体的灵魂变成的，它会经常与

云南禄劝县彝族祭
祖典礼中的迎祖灵仪式。
普学旺摄

人作祟。为了不使死者的灵魂加害于人，人死后要立即通过祭祀使死者的灵魂得到安息。

"三魂"是滇、川、黔广大彝族普遍存在的观念。彝族认为人死后存在三个灵魂，每一个灵魂都有不同的归宿。一魂守坟墓，一魂归祖地，一魂守祖灵牌。

有些地区的彝族，不仅有"三魂"的观念，而且"三魂"有各自的名称。四川凉山彝族认为，"三魂"的名称分别是"那依"、"那格"、"那居"。"那依"为聪明魂，"那格"为笨魂，"那居"为既不聪明也不笨的中间魂。"那依"归祖地，"那格"守焚场，"那居"随风行。[①]

云南禄劝县彝文经籍《供牲献药经》还把人死后变成的"三魂"区分为快魂、善魂和恶魂。快魂到阴间，善魂守灵牌，恶魂居坟脚。显然，彝族观念中"三魂"是根据人世间存在的善恶现象推衍出来的，现实生活中的人有善恶之分，那么死者的灵魂也就有善魂和恶魂之别。

在彝族的观念里，祖灵除具有"三魂"形态外，还具有"三灵"。所谓"三灵"，即"游灵"、"家灵"、"族灵"。按彝族的传统习俗，人去世后，都要制作灵牌，设置灵位。灵牌在家供奉三代后，要举行大祭，将灵牌送到山林中的祖公洞里祭供。

彝族祖灵的"三灵"观与"三魂"观有密切的关系，不论是"三魂"或"三灵"，都是祖先灵魂的转换形式。人死后的灵魂由于还没有即时得到招附，无固定的栖息之所，游荡不定，这种游灵会作祟于后代。当设置了灵牌以后，表明祖灵已附在祖灵牌上，能够时时得到家人的享祭，于是又转化成了家灵。家灵在家中供奉了三代以后，又通过送灵祭等仪式，把祖灵送到祖先发祥地，此时的祖灵又转化成了族灵。当然，祖灵的转化需要通过一定的仪式来完成，这就是丧祭、安灵祭以及送灵祭三大仪式。

彝族的"三魂"和"三灵"观念是祖灵信仰中的重要内容，各地彝族普遍存在的对待祖灵的各种祭祀活动正源于祖灵的观念。

① 巴莫阿依：《彝族祖灵信仰研究》，第7页，四川民族出版社，1994年8月版。

马都：祖灵的象征

马都，系彝语音译，意为祖灵牌。为了不使祖灵变成游魂野鬼，作祟后人，凡老人去世后，都要为之制作马都，把祖先之灵招附于马都上。

马都是祖灵的特殊附着物，是祖灵的象征，彝族自然对马都材质的选择十分考究，马都的制作也有相应的祭仪。

云南巍山县彝族的祖灵以竹笋为代表。当老人去世后，毕摩携孝子从山上砍回一段竹子，挖回一截竹根。毕摩把竹根雕成人形，穿上衣服，又把竹篾编制成一个小竹笋，然后把竹根小人放进竹笋里。同样，云南武定、禄劝一带的彝族的祖灵牌也以竹制成。届时，死者的亲属到山中选一棵未被虫蛀的竹子，用鸡蛋和酒献祭之后连根挖回，毕摩取下一截竹根，包上羊毛，并依男女性别扎以红绿线，男用红线扎九匝，女以绿线扎七匝，置于小布袋里，然后在锅庄左侧的墙上插上篾刺，把小布袋放到篾笋里固定在墙上。四川凉山彝族是从山上采回一棵茂盛的竹枝，毕摩取下一截竹竿，包上羊毛，缠以线，将竹插在削制的树枝缝内即做成了祖灵。此外，云南大理、漾濞、宣威、富民、澄江、中甸、四川盐边等地的彝族也通常以竹代表祖灵。彝族以竹象征祖灵，追溯其源是图腾崇拜观念影响的结果。

彝族的祖灵也有以马缨花树、松树、葫芦制成的。云南巍山县彝族祖灵多以白马缨花树做成。云南大姚县彝族则用红马缨花树。云南南华县、姚安县、澄江县松子园等地彝族的祖灵又以松树根雕成，眼、口、耳、鼻等部位用碎银镶嵌。彝族选择马缨花、松树来制作祖灵，同样与彝族的马缨花、松树图腾崇拜有关。

每年农历正月十六日，云南石林县彝族支系撒尼人各家族要宰鸡祭献祖灵，以求祖先保佑本家族。

云南石林县彝族支系撒尼人的祖先灵位。当祖灵在家供奉三代后，要送到村背后的祖灵洞里，平时不准外人接近，只有到祭祀日子时，才从洞内取出举族共祭。

撮毕：祭祖大典

根据彝族的传统观念和习俗，当祖灵在家供奉一定时间后，要择日举行超度死者灵魂仪式，将祖先灵牌从家中移送到祖公洞中供奉，以祈祖灵庇佑。

超度祖先的送灵仪式，川、滇、黔彝族称为撮毕、作斋、作道场等，它是彝族最隆重、最复杂的祭祖大典，也是最能全面系统反映彝族祖先崇拜的盛大祭礼。

凉山彝族的超度祖灵仪式一般在人死后数年内举行，有的延至父母双亡后再做，也有三代人以上共做一次的。仪式一般要举行三天，过去有的长达七天。届时，本家族亲友都要携带牛、羊、猪、鸡前来献祭。

四川凉山彝族毕摩用木条摆成十二场祭祀方阵，为亡灵指路。
曾承东摄

祭祀开始前，先请毕摩在门外搭一座竹棚或栗树枝棚，俗称经堂或灵棚。在经堂的四周解污后，毕摩走进丧家正屋，向锅庄左侧墙上的祖灵敬酒，在屋内灵牌下念《请灵经》，说明其儿子要为父母举行超度仪式了，请祖灵到竹棚里去。其子将灵牌取下捧在手上，女儿及亲友牵着祭献的牲畜随后，共同走进棚内绕三圈，并将灵牌供于棚正中心。女儿哭毕退出，毕摩头戴神帽，身披法衣，负经袋，手持铜铃、神扇进入棚内，也绕三圈后开始念经。接着，在竹棚外将牲畜打死，取心、肝、腰等内脏祭献灵牌。当晚，毕摩诵经，参加祭祀者诵谱牒，唱孝歌，通宵达旦。

次日，毕摩用木条或树枝摆成十二场祭祀方阵，并依次为亡灵除疾解污，请亡灵庇佑主人家人财两旺。第一场、第二场为净宅，为解除丧家一切亵渎亡灵的秽气和不洁之物。第三场、第四场为除疾，用草象征性地擦灵牌，以示为亡灵除去一切痛苦和疾病。第五场为还灵，毕摩换去灵牌外面的白布，以示亡灵一切得到更新。第六场为替死者的家属除疾。第七场是为前来帮忙的亲友除秽。第八场为会灵，将所有祖灵合在一起享祭。第九场是为丧家求富贵福禄。毕摩在树枝上悬挂几串铜钱，男子跪于前祷告，毕摩念经后，家人争抢铜钱，以示财源茂盛。第十场是祭灵，以酬谢所请诸神。第十一场是向神灵祈求繁殖牲畜与作物，将羊、猪、鸡、苦荞、酒、杂物等放置在竹席上，毕摩念经祈求祖灵助主人家人畜兴旺、庄稼丰收。第十二场是替亡灵领路，表示亡灵由毕摩引领进入祖先发源地。①

第三天，送灵。毕摩取出灵牌中的竹人，装入小布袋里，交给主人家。死者的家属、亲友手持枪、刀、剑等锐器在前面开路，为祖灵斩除到祖先发源地路途中的邪魔，手捧灵牌的主人跟随其后，最终，在五人、七人或九人组成的送灵队伍护送下，把祖灵送往深山密林的祖公洞里供奉。

滇、黔彝族的作斋、打嘎等祭祖活动也非常隆重，仪式十分繁缛。虽然在祭祖的各个程序上与凉山彝族的撮毕有很大的不同，但祭祀的根本内容是一致的，目的就是要把超度后的祖灵护送到宗族、

① 杨学政：《小凉山彝族宗教》，载《云南少数民族社会历史调查资料汇编》之五，云南人民出版社，1991年2月版。

四川凉山彝族毕摩杀鸡作法，以祭祀祖先。

曾承东摄

家族的祖公洞中。各地彝族根据形制，又将祖公洞称为岩祖洞、祖宗箐、灵房、祖公树等。祖公洞是彝族最神圣的地方，是氏族、宗族、家族血缘关系的象征，也是各宗族、家族共同祭祖的圣地，任何人不得亵渎。

彝族的祭祖大典是最能体现祖先崇拜观念的盛典，它对本民族、宗族、家族之间无疑起着加强血缘归宗和民族认同等特殊作用。通过这一仪式，把所有血缘的、功利的、感情的意识都结合在一块。1949年以前，凉山彝族地区的社会基本组织结构是家支。因深受祖先崇拜观念的影响，一个家支就形成一个宗教祭祀单位，每个家支举行的祭祖大典，又把家支血缘内所有的祖灵会合在一起祭祀，促进了民族的聚合力和血缘情感。云南禄劝县彝族，当把家中供奉三代以后的祖先灵位送入崖洞后，毕摩要带领子孙去取"福禄水"。每户用一节竹筒取水，供在祭献台上，由毕摩念《祈福禄经》，再将水分给各家支，这样，取"福禄水"处也就变成了该族追叙宗谱的地方。彝族人初次见面，都要问对方在何处取"福禄水"，如果得知在同处取，就认为是同宗同族，视为手足，否则，即使是同一姓氏，也不认为是同宗。[1]

① 马学良：《云南彝族礼俗研究文集》，第103页，四川民族出版社，1983年版。

独特的土主信仰

在彝族的信仰中，土主是一个特殊的崇拜对象。综合考虑各地彝族的土主崇拜，我们发现：土主既是自然神又是祖先神。彝族崇拜土主，供奉土主，祭祀土主，最终目的是为了使整个村寨人丁、牲畜得到安宁，所以土主是彝族村寨或地域的保护神。

彝族村寨通常建有土主庙，现今云南、川西南、黔西北的彝区以及彝汉杂居地区，历史上南诏政权统辖的地区，都有土主庙。土主庙是崇拜土主神的重要场所。

有些地方的彝族，称供奉的土主神为土主老爷。认为土主老爷主管全村寨的人丁、牲畜、庄稼兴旺以及禳除各种自然灾害。如云南永仁县恩就村自称里颇的彝族，过去于每年农历正月初三，全村男子都要联合祭祀土主，以求村寨的平安。该村原有一座土主庙，庙建盖在村的东北面，早已坍圮，现以一棵小树作为象征。至今还经常可见到本地彝民前往祭拜，祈求土主保佑家庭的清吉平安。土主，本地彝语称"咪西嬷"，汉意为土地神，说明在这一彝族地区，土主与土地神具有共通性，属于自然神灵。另外，本地彝族每家房背后都搭有小土主庙，小土主以三权形的松枝为代表，每年大年三十晚上，家家户户都要杀鸡祭献。据说，小土主管一家一户，祭小土主可保家人的平安。云南南华县彝族村寨里也普遍建盖有土主庙，庙内的土地爷或以石像，或以石头、三权形松枝为象征。这里同样也还保存有属于一家一户的小土地神，亦以三权形松枝为土地

云南永仁县恩就村彝族几乎家家户户正房背后都建盖有小土主庙，彝族称"咪西嬷"。当地彝族认为"咪西嬷"主宰一家一户的人丁、牲畜和庄稼，每年大年三十晚饭前宰鸡祭献。

云南永仁县彝族"树王天子"神位，以呈三杈形的松枝为代表，每年大年三十晚要插香、化纸祭献。

正月初四，云南永仁县恩就村彝族祭土主，为家人消除病灾。严禁妇女参加祭祀活动。

神的代表，多供在家庭室外后檐沟或堂屋后墙上。四川攀枝花市彝区也可见到这种小土主。

昆明西山区核桃箐彝族认为，土主主管全村庄稼、牲畜，每年农历二月十九日要举行土主会，彝语称"侧佰会扪"。土主会在土主庙前举行。届时，全村要杀猪祭献，毕摩念经，大意是：我们全村杀猪来祭你，我们就要开始种地了，求您保佑我们全村人畜不要生病，保佑全村庄稼长得好。

从以上存在的土主崇拜来看，最初的土主崇拜源于祈求村社的保护，所崇拜的土主还属于自然神灵。土地是农作物生长的必备要素，于是人们又把土主的神性扩大，出现了土主与土地神名异而神性一致的土主崇拜。

土主崇拜发展到南诏时代，又衍化成祖先崇拜的一个重要组成部分。南诏国是唐代在西南地区崛起的一个强盛的地方政权。南诏政权稳固后，南诏王的历代子孙们在辖区内先后建起了土主庙，庙里供奉的土主均为南诏国的历代国王和功臣，土主庙也就变成了彝族宗族祖先的祖庙。据调查，先后建立的土主庙有：巍山土主庙、蒙国土主庙、牧甸罗土主庙、罗甸勃土主庙、大仓土主庙、北山土主庙、三府土主庙、小密西村土主庙、嵯耶庙、白牛土主庙等。以上庙内供奉的都是南诏历代国王，当地彝族于每年正月初三都要进庙祭祀。如巍山土主庙始建于南诏初期，为细奴逻的孙子盛逻皮所建。大殿中奉南诏蒙氏宗族祖先细奴逻为土主神。此外，各地彝族还将历史上功勋卓著的人物也奉为土主。如弥渡县大司庙内供清代咸丰年间彝族农民起义领袖李文学，漾濞县平坡土主庙内奉彝族先祖孟获等等。

四川凉山彝族毕摩在念毕摩经书。　　曾承东摄

毕摩及其文字经籍

毕摩掌握大量的彝文古籍

通晓彝文经书

是彝族社会中的智者、

知识最丰富的人

是彝族毕摩文化的

主要创造者、传播者、整理者

毕摩是彝族进行各种原始宗教活动的主持者和祭司，被人们认为是能够通神、通鬼的特殊人物，是人与神鬼交流的媒介。毕摩掌握大量的彝文古籍，通晓彝文经书，是彝族社会中的智者、知识最丰富的人，是彝族毕摩文化的主要创造者、传播者、整理者。

四川凉山彝族毕摩正在给弟子讲授经文。

毕摩历史源流

　　毕摩，系彝语音译，"毕"是主持各种宗教祭祀，为人驱鬼禳灾时诵读经书或诵经者之意，"摩"意为母、师、智者之意。因各地彝语方言或意译的差别，汉文史志、彝文古籍和各地彝区对毕摩有多种不同的称呼，概言之，有耆老、鬼主、奚婆、觋䊸、鬼师、白马、白末、必磨、笔母、呗耄、布慕、布摩、西波、腊摩、阿闭等等。

　　毕摩历史渊源较为久远。据有关彝族学者的研究，毕摩源于彝族父系氏族公社时期的祭司和酋长。贵州彝文典籍《帝王世纪》记载，最早的毕摩是彝族先民部落首领密阿叠。据初步推测，密阿叠生活在公元前一千多年。

　　约在汉晋时期，彝族进入奴隶制社会后，便迅速确立了兹（君）、莫（臣）、毕（师）三位一体的政治制度。滇中彝文古籍《额阔徐扎》说："君呵发施令，臣呵理政务，毕呵书祭祀"，说明了君、臣是掌管朝政的统治者，毕摩则是从事撰史记事的史官。毕摩产生以后，就开始"兴祭奠，造文字，立典章，设律科"，从而出现了"文化初开，礼仪初备"的社会局面，毕摩文化正式诞生。

　　汉文史书中最早称毕摩为耆老，即是能引用夷经屈服人的祭司和政治统治者。

　　唐宋以来，毕摩又称为鬼主。据《旧五代史》卷三十七载："云南 嶲州山后两林百蛮都鬼主、右武卫大将军李卑晚遣大鬼主傅能、阿花等来朝贡。帝御文明殿对之，百僚称贺。"由此可见，鬼主既是祭司，也是部落酋长，是集宗教、政治、军事三权于一身的氏族部落首领。

时至元代，毕摩的称谓较为繁杂，多称奚婆、觋皤、白马、必磨等。元王朝建立后，为进一步巩固大西南，在滇、川、黔彝区设立了土司制度，委任原来的大、小鬼主为土司、土官，这样，鬼主制度最终走向了瓦解，随之而起的奚婆从统治阶层中分裂出来。元代李京在《云南志略·诸夷风俗》中说：彝族"有疾不识医药。惟用罗巫，号曰大奚婆，以鸡骨占验吉凶，酋长左右，斯须不可阙，事无巨细，皆决之。"此阶段的奚婆虽已不是部落政治领袖，但仍参与政事，充当酋长的参谋和军师，处于辅政地位。

到了清代，中央王朝在西南地区推行大规模的改土归流，并利用部落首领相互牵制，彝族区域性的政治彻底瓦解。大多数的彝族土司、土官被革除，奚婆无政可佐，他们之中的相当一部分发展为专职宗教祭司，而另一部分走入民间，出现了毕摩与巫师难以区别的现象。

近现代以来，毕摩已基本脱离了政治阶层，成为了彝族社会中的特殊阶层，主要的职能局限于主持各类宗教祭祀活动。当彝民临敌、出征、合婚、丧葬、择吉、疾病、播种、收获、狩猎、搬迁、建房、出行、贸易及遇到疑难不解之事时，都要请毕摩前来占验吉凶。当遇冤家械斗失利、庄稼歉收、疾病缠身、家运不利、妻儿死亡、瘟疫流行等情况发生时，彝民认为是

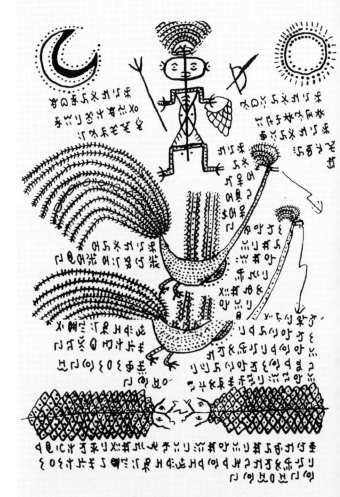

四川凉山美姑县留存的毕摩经文。

四川凉山彝族苏尼驱鬼。

天神不佑、鬼魔为殃，也要请毕摩来驱除禳祓。此外，过去彝民在进行冤家和解、几方联合对敌，或者为了制胜敌方，举行诅咒等原始巫术活动时，也须请毕摩主持。当彝民遭遇财产纠纷、调解口角、测试盗案时，也要请毕摩前来进行神明裁判。

毕摩通晓彝族文字，并占有大量的彝文经籍。经籍的内容包罗万象，除用于招魂、安魂、亡灵指路、超度祖灵、敬神、择吉、占卜等方面的祭祀经、作斋经、占卜经、禳解经外，也拥有关于天文、历法、历史、神话、谱牒、诗文、哲学、医药等方面的典籍，这些经籍多为毕摩手抄、珍藏、传承。所以，毕摩在彝族原始文化的创造与传播等方面，具有特殊的贡献。

需要说明的是，彝族毕摩与巫师有很多本质的区别，两者不能混为一谈。毕摩的传承有一定的范围，只传男不传女，也只在本氏族、同宗族家支及特定的等级内传授。传承的形式主要有两种，即家传和师传。家传又有父传子、伯传侄两种，以父传子为主；师传也多限于亲戚集团内部，如舅传甥等。

巫师，因各地彝语音译的差别，多称苏尼、苏邺、苏耶、锡别、苏桌、苏额、书理、朵觋、苏埃等。苏尼多

四川凉山彝族苏尼
使用的羊皮鼓。

为男子，也有妇女。巫师不识彝文，不会诵经，没有经书，是彝族社会中从事各种巫术活动的人物，主要职能是为病人驱鬼、镇鬼、捉鬼、招魂、咒鬼等。道光《大定府志》附录"安国泰夷书"九例中说："巫目苏额，不尊重，专师治病。"

苏尼的产生方法荒诞离奇，无需拜师传授，也非祖传，多为一个人病后胡言乱语，乱蹦乱跳，或久病不愈，而本人的亲戚或已故的先人中曾有苏尼，便认为此人已附有苏尼神。经毕摩打卦确定，由毕摩扶其上高山，打白鸡、白羊或白牛祭苏尼神，将羊皮鼓交给他（她），病愈后就成了苏尼。

由此可见，毕摩与苏尼，不论在产生、传承方式上，还是所从事的宗教活动等方面都存在本质的区别，毕摩是祭司，苏尼是巫师。过去有很多学者将毕摩和苏尼完全等同起来，有失偏颇。

毕摩的法器

云南楚雄彝族毕摩
法器：披毡、法帽、
铜铧、铜铃、鹰翅、师
刀、铁链等。

法器是彝族祭司毕摩主持一切祭祀活动中必不可少的用具。彝族认为，毕摩之所以能与神鬼打交道，就在于法器能显灵，能助毕摩施法震威。所以毕摩法器在彝族毕摩文化中占有重要地位。彝族毕摩法器较多，且各地彝族毕摩所使用的法器有较大区别。

凉山毕摩法器

　　川滇大小凉山彝族毕摩的法器主要有法帽、神铃、神扇、签筒、法丫、神枝等。

　　法帽：彝语称"沙觉海步"，为竹编斗笠，内外缝以黑色薄毡，上有一个突出小柱顶，穿以五至九层圆形黑色薄毡片。

　　神铃：彝语称"比朱"，用黄铜制成，呈喇叭形，上系皮绳，高约五厘米，直径约六厘米。毕摩作法驱鬼时，边念经书边摇神铃，用以传送人、神、鬼之间的信息，并助法威。

　　神扇：彝语称"切克"，扇面以竹篾编成，并涂以黑色桐油及漆，有的染上牺牲鲜血，中间穿夹木柄，扇中刻以虎、狼或鹰头。神扇主要在举办丧事及送灵牌时，用于招神驱鬼。一般认为法术高超的毕摩才可以使用。

　　签筒：彝语称"乌突"、"维图"等。有的上方呈虎口形，下方为龙尾形。有的一端为竹制，一端为木制，上涂彩漆，刻有各种图案，镶有白骨珠、白银片、珊瑚珠等饰品，内装竹签，占卜时使用。

　　法签：彝语称"房惹"、"绿次"等。用生长在高山上被称为"房惹"的竹子制成，长约六至七寸，共制成三十九根装于签筒内。

四川凉山彝族毕摩使用的法器：签筒与鹰爪铜铃。

曾承东摄

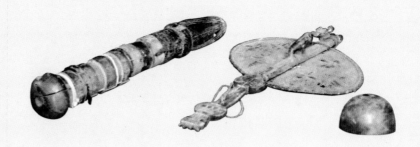

头削尖的代表男子，削平的代表妇女，作法时分成三股以卜吉凶。

法丫：彝语称"马谢呼尔"，系以竹筒一段，一端划丫九股制成。只在部分宗教活动中使用，如治疗某些慢性病或传染病等。

神枝：彝语称"依伙"，以"依伙"树枝制成，分不去皮、去部分皮、去全部皮、有叉、无叉、带叶、不带叶等七种，用以布设法阵。依据不同的法事，所用的数量也不同，自十几根、数十根乃至数百根不等，多者至数千根。神枝亦可用杉树制作。

贵州布摩法器

现以贵州毕节龙场驿三官寨布摩（当地对毕摩的称谓）陈作真的法器为例，简要介绍贵州布摩法器。

法帽：彝语叫"洛洪"，帽檐呈圆形，形状像小斗笠，根据其材质来分，有鹰毛、羊毛、竹篾做成的三种。以鹰毛做的最为高贵，因为鹰在彝族的观念中是勇敢和权力的象征。但一般毕摩不能戴，据说，过去只有大土司家的掌坛师才能戴。竹篾法帽为一般的毕摩所戴。法帽只有作法事时使用。

法衣：彝语称"母托"，为长衣，对襟，布扣，有黄绸和黑绸二种，非毕摩自制，过去是土司专为掌坛师制做，只有担任掌坛师的毕摩才能穿，一般毕摩则不穿法衣。

法棍：彝语叫"乌笃"，用肤烟木做成，长约三至四尺，一面削皮，一面未削皮，表示有阴有阳。手持处垫一张白孝帕。法棍在作法事的头天或当天制作，做完法事后弃之。

铜铃：彝语称"那珠"，主要用于延请祖师前来压邪。

必撮：形状像汉族古代官吏上朝见皇帝时手中拿的朝笏，用牛骨或竹做成。长约一尺二三寸，宽二寸，略呈弧形，作请神之用。

樾妥：用竹筒做成，一般长四至五尺，分内筒外筒，有盖，外筒刻有龙、虎、凤等图案，内装桃条、柳条等，放在师祖神位前驱避邪魔。

法刀：用钢制成，长七八寸，刀柄长二三寸，平时用数层白布或蓝布包裹，作法事时用来削制肤烟木叉、制作灵筒等。

小冬青枝：毕摩大小法事都离不开它，一般在作法事的头天选好一根长约五至七寸的小树枝，上留三枝树叶即可用。作大小法事，毕摩都要将其拿在手中。传说毕摩用的经书在洪水泛滥时被洪水淹湿，后放到冬青叶上晾晒，但晒干后有一部分经书无法揭下来，造成经书残缺，故毕摩作法事时，都要手拿一枝小冬青树叶，意为经文所遗漏处用冬青枝弥补。

茅草：用来扎制供作法事时的各种神及邪魔，在进行冷丧指路时来做灵草。彝族认为，茅草是洁净的草。①

昆明地区西波法器

昆明地区的毕摩称毕摩帕或西波，他们使用的主要法器有：

斗笠：为西波专用。分内外两层：

滇南石屏县彝族毕摩法器：海螺号、铜铃、铁摇环、经书等。　张纯德摄

① 李世康：《彝巫列传》，第139页，云南人民出版社，1995年4月版。

云南中甸县彝族毕
摩法器：神扇。

里层用细如马尾的金竹丝编成金钱花纹，俗称螃蟹花（彝语称"波么斋"），层层相叠，布满内壁。外层亦用细丝编成花纹，帽顶冲天，帽顶粗为十厘米，高约十五厘米，当地人称为"冲天帽"。两旁有竹鹰一对，帽带悬鹰爪一只和野猪牙一颗，是西波祭祀时必戴之物。

琴：圆形，直径零点八寸，琴弦两根，在每次宗教活动中念开场经时弹奏。

铜铃：柄长三寸。念经时摇动，丁当作响，祝告神灵。

披毡：用黑羊毛制成，或用黑布做成，祭祀时披在身上。

签筒：内装写有诸神尊号的竹签，筒外包以红布，红布不能轻易揭开，避免灵气泄出，法器失灵。西波在祛病、进行农业祭祀时均要携带，认为神灵附着其中。

七星宝剑：用含炭较少的钢材制成，剑柄上镶有七星，象征北斗，平时佩戴以防鬼怪，祭祀时用于画符。

木鱼：大小不一，大木鱼如盘，小木鱼如拳，用来调节念经的节奏。

音禄架：用黄铜制成，有四音，在盛大祭祀活动时使用，其音越清，伴奏念经效果越好，多在祭祀念经时敲打。

罗盘：为圆形，上画天干地支及东西南北方位。

赶三鞭：铁制鞭子，长一尺五，是西波祛病赶鬼的法器。

云南大姚县彝族用羊毛擀制的毕摩披毡和毕摩帽，帽檐两端悬挂鹰爪，源于鹰图腾崇拜观念。

段明明摄

身穿毡衣、头戴法帽、手执法具的云南楚雄彝族毕摩。

楚雄毕摩法器

云南楚雄州彝族毕摩的法器有鹰翅、鹰爪、麂子角、铜锣、鹰叉和乐器等。乐器上有七个小铃和六根链子，链子上悬挂六把小刀，一把长刀，一个大铜铃，四个小铃。大姚县毕摩的法帽状似斗笠，外裹黑羊毛毡，帽带下端悬挂一对虎爪或鹰爪。法毡衣亦为黑羊毛擀织而成，形似披风，有的披毡的背面绣有彝文"虎"字。

楚雄市东华镇红墙办事处红墙村的李友崇，是祖传的毕摩，自幼跟父亲学习，全面继承了父亲的法术祭礼、医药和雕刻艺术等知识，是当地有名的祭司兼医生。他的法器有：鹰翅一对，鹰爪一对，鹰头一个，铃、麂角、绵羊角、印、木鱼、法刀各一，锣大小各一，木卦一对，竹签一筒，签书（汉文）一本，师刀一把等。在鹰翅上悬挂着木质的杵、手掌、佛塔、犁、铃、刀和野猪獠牙等，据说占卜时还要挂十二生肖木雕。

云南禄劝县彝族毕摩使用的竹抽签卦。

张纯德摄

大理阿闭法器

云南大理州巍山县彝族毕摩称阿闭，法器有小铃铛、老鹰脚、豪猪尾巴和麂子尾巴。毕摩的法帽，称为帽王，为世代相传。帽檐上绑有布条，绑的布条越多，表明为死者送葬的次数越多，有的帽檐上的布条达上千条。祥云县彝族毕摩的法器有锣、大铃铛、小铃铛、弯刀、镰刀、打荞棍、大锄、小锄、凿子、点棍、镰刀、老鹰翅膀、老鹰爪子等，法帽为高顶毡帽，毡帽下是包头。

毕摩家中都设有毕摩堂，彝语称为"阿桌哦"或"阿依补"，平时法器和法帽就放在毕摩堂上。毕摩堂很神圣，吃了大蒜、大葱和牛肉的人忌走进毕摩堂。[1]

① 王丽珠：《彝族祖先崇拜研究》，云南人民出版社，1995年2月版。

广西腊摩法器

滇桂交界地区的彝族祭司称腊摩。其职责一方面是主持村寨的民间风俗仪式，组织祭祀，沟通人神关系；另一方面为宗族后代教念诵词，指点道场、法事、娱神、驱邪等活动，并向他们传授一些自己掌握的医疗秘方，为将来行巫医早做准备。其主要法器有：

法衣：包括缠头的白色头巾、钴蓝色的长衫、外套长褂、搭肩彩巾、黑白线织方格巾、围腰锦带、船形布鞋。长衫、长褂仿龙色和虎斑，表示崇龙崇虎。有的村寨还有一件套于长褂外面的短褂。搭肩彩巾除绣有各种图案外，还钉贴小锡扣。

法帽：为笠帽，用竹篾编成，上面涂有一层桐油，帽顶插两根白色羽毛。饰有玫瑰红线穗、彩色珠串、彩带、银饰物等。

围腰锦带：由小锦片串连而成，其色分别为钴蓝、朱红、中黄、蓝绿色，镶中黄、朱红色等，缀彩色线穗和珠串。

法袋：腊摩必不可少的法器。用来装卜签、法扇、法铃等小法具，也可以装临时作法事用的白米。是一只白布绣花纹的袋子，约宽八寸，长一点五尺。边缘镶贴锡扣。袋口连着布带，可挎可提。作法事时随身携带，平时连同各种小法具一起，放置在神龛左侧，不能随意移动，更不能装其他的东西。

法凳：腊摩作法事、道场时专用的凳子。是一种四条腿的交折凳，其骨架用梨木做成，法凳立高及坐垫边杠长四十五厘米，座面用麻绳作经线，席草作纬线纺织而成。法凳的腿上刻山水饰纹或其他图案。山、水分别表示虎和龙栖歇之地，体现了本民族的虎龙图腾崇拜观念。法凳在平常不使用时，也须放在神龛左侧，不能随意移动，更不能当做一般的凳子使用，多在腊摩咏唱长篇叙事经词等场合中使用。

卜签：也称法签，彝语称"日"、"日麻"、"日冻"，用一种山竹做成，共三十六根母签。其长度约等于自腊摩肘端至中指指头的距离，是腊摩作法事时最常用的器具，主要用于占卜，平时用小竹篾箍住。

法铃：口径六至十厘米，椭圆形，立高十二厘米，顶上两个挂耳，以备系带。祖传法铃用铜作铃身，象牙作铃舌，今多用铁铃代替，用于祭祖念词等场合。

钱串：铜钱五枚，以一根钉子从钱孔中穿过，固定在一块小木板的一端，是腊摩领舞时用的法具。

此外，还有法伞、法刀、法剑、法扇、法符等。[1]

---

① 王光荣：《通天人之际的彝巫"腊摩"》，云南人民出版社，1994年9月版。

云南武定县彝文墓碑。　　张纯德摄

毕摩与彝文的创造

语言是人与人交流思想、表达情感、传递信息的重要手段。文字则是用符号形式对人的语言、思想、信息的记录。文字是人类在漫长的社会历史发展进程中产生的，它作为人类文明的重要标志之一，对人类的进步和发展起了至关重要的作用。

彝族有自己的语言和文字。彝文起源历史悠久，汉文史志、彝文古籍和神话传说中均有记述和流传。汉文史志常将彝文称之为爨字、爨文或韪文；彝文古籍中有的称之为尼颇苏，近代以来多称尼苏文、西颇文、贝玛文、白马文、布慕文、倮文、罗罗文，毕摩文等等。

关于彝文的起源，目前尚有争议，但有一点是可以肯定的，即彝文的创造与发展，毕摩起了重要的作用。彝文主要由毕摩创造，主要用于记录经书内容，并随毕摩主持的宗教祭祀活动而得以代代相传，所以，彝文的创造，毕摩功不可灭。当然，彝文的创造和使用，绝非一两人所为，它凝聚了彝族人民的集体智慧。

关于彝文的创造，彝族古籍文献也多有记述。据各地的彝文古籍记载，彝文是由伊阿伍、恒本阿鲁、毕阿史拉则、密阿叠等人创造的。

贵州彝族文献《西南彝志》说伊阿伍发明了彝文。书中记载他是"一个聪明无比的、能知天象地理"的人物，他创造了文字，并用文字撰写了很多历史书籍。在此书的另一些篇章中，又说创造文字的是恒本阿鲁，他创造了供奉祖先，发现了天地根源，并创造了彝族象形文字。[①]

①师有福：《彝族文化论》，第17页，云南人民出版社，2000年5月版。

彝文《帝王世纪·人类历史》记载："人类始祖自希母遮之时，直到撮休渼这世，共有三十代人，此间并无文字，不过口授而已，传于二十九代武老撮之时，承蒙上帝差下一位祭司密阿叠者，他来兴奠祭，造文字，立典章，设律科，文化初开，礼仪始备。"

神话在一定程度上可以印证历史，它是对曾经经历的事件的一种记忆。彝族神话中同样流传着各不相同的彝文的起源。

贵州毕节一带彝族传说：有一位聪明的吉禄老人，从刻画六种家禽和六种野兽形象得到启示，在树上记年，在石上记月，成为十二干支的符号，以后，这些原始的文字符号逐渐演化形成了彝文。

云南红河县彝族又说：很古的时候，有个叫尼蒔的天上人，他栽了两棵树，"一棵是金树，一棵是银树……春来树花开，金花三千五百朵，银花三千五百朵，五彩放光芒。金银花怒放，尼蒔喜开怀。邀约众朋友，不赏金银花，东西南北中，各喊一个人，加上他自己，一共六个人……走到花树旁，照花画下来。金花三千五百朵，画成三千五百字，银花三千五百朵，画成三千五百字，共成字七千。从此以后呃，才有了文字。"①

居住在金沙江两岸的大小凉山彝族，世代流传着毕阿史拉吉与神鸟米凤布浓共同书写彝文的传说。云南元江、新平等地哀牢山彝家山寨中，又有智慧老人伯博耿根据鸟兽的足迹和象形创造彝文的传说。②

从这些传说可以看出，彝文的产生与世界上很多古老的文字一样，最初是由图画开始的。经过历代毕摩的收集和整理，不断提高和完善。可以说，毕摩是彝族文字的集大成者，所以彝文通常也被称为毕摩文或贝玛文等。

云南禄劝县彝族毕摩专用书箱。箱上刻写彝文，意为"知识神养育，见识神守卫"。

云南民族博物馆提供

①罗希吾戈：《彝族文字及彝文古籍》，载《彝族古籍研究文集》，云南大学出版社，1993年4月版。

②师有福：《彝族文化论》，云南民族出版社，2000年5月版。

毕摩与彝文经书

彝族崇拜祖先，信奉万物有灵。但凡安灵送灵、指路招魂、做斋祭祀、婚丧娶嫁、建造房屋、驱病禳灾、出行远门，以及祈求农业生产的丰收等，都要请毕摩主持进行一系列的宗教活动，从而产生了种类繁多、卷帙浩繁的毕摩宗教典籍。

彝文古籍是由毕摩及其掌握彝文的土司、土目、歌师等整理编纂而成的。彝文古籍涉及的内容包罗万象，反映了彝族有关哲学、历史、政治、经济、军事、文教、天文、地理、医药、宗教、文字、文艺、民俗、农牧业、占卜等方面的内容。其中，宗教类经籍占有相当的比重，它不仅是彝族毕摩文化的重要组成部分，也是彝族传统文化的灵魂所在。

下面我们着重来看看彝族毕摩的宗教经籍的主要内容。

祭祀经

此类经籍是彝族毕摩在主持祭奠亡灵、送灵、安灵、祭祖、祭山神、祭社神、祭天地等宗教活动中使用的经书。主要包括《作祭经》《作斋经》《请神经》《献灵经》《献酒经》《献牲经》《祭龙经》《火神经》《祭猎神经》《祭山神经》《祭密枝经》《祭天神经》《祭地母经》《祭雷神经》《祭水神经》《祭树神经》《祭石神经》《祭日月经》《祭虫经》等等。

《作祭经》是彝族老年人死亡后，毕摩为其举行作祭仪式时使用的一种重要经籍。彝族认为，死者只有经

在彝族丧葬活动中毕摩使用的《作祭经》。
云南民族博物馆提供

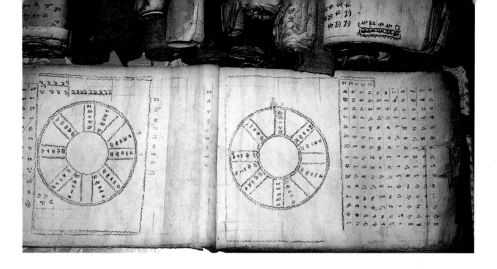

过作祭后，其灵魂才能摆脱病痛和苦难，明白自己的归途。还认为
亡灵只有接受亲人的献药、献牲、献酒之后，到彝族远古祖宗的住
处，才能安享幸福。为此彝族不论贫贱富贵，自己亲人死亡之后，
都要请毕摩为死者举行作祭仪式，超度死者的灵魂。

《作斋经》是彝族毕摩在主持祭祖活动时所诵经书的统称，其内
容主要反映了彝族崇奉祖先，祈求祖先护佑后人的企盼和愿望。作
斋的目的是请毕摩超度父母的亡灵到族祖先的故地。作斋在整个家
支内进行，由长支承办，要作七天七夜，家势强、家境好的作九天
九夜。凡属同一宗族的后裔，一般经过十三年就要选择丑、寅、午、
申年的腊月吉日作斋。作斋时由毕摩主持并诵经，同时要制作祖灵
筒，将父母的祖灵牌放在内，送往宗族祖先的归地祖灵洞内。

《祭密枝经》中的"密枝"是彝语音译，意为村社神。现云南石
林县彝族支系撒尼人每年鼠月鼠日，都要举行大规模的祭密枝活动。
其祭祀的目的是祈求密枝神护佑全村人畜兴旺、五谷丰登。在整个
祭祀活动中，毕摩要诵《迎密枝神经》《祭祀献牲经》《避邪经》《祈
神经》《送密枝神经》等一系列经籍。

占卜经

占卜经是彝族毕摩为彝人预测吉凶祸福时使用的经书。景泰
《云南图经志书》中说：彝人"称巫师曰大奚婆。遇有一切大小事，

滇东禄劝县彝文测日吉凶书。　云南民族博物馆提供

滇东禄劝县彝族毕摩在祭祖大典中念诵的《插枝经》。
云南民族博物馆提供

怀疑莫能决者，辄请巫师以鸡骨卜其吉凶"。古时彝族盛行占卜，凡举作斋、作祭、婚嫁、盖屋、械斗、治丧等活动之前，都须先行占卜，预择吉凶，测定吉日。彝族占卜的形式多种多样，主要有鸡骨卜、鸡蛋卜、木刻卜、胛骨卜、羊骨卜、猪胆卜等。占卜类经书种类繁多，在不同场合使用的经书有《鸡骨卦经》《占卜凶吉书》《解梦》《猪膀卦书》《占病经》《签书》《推算鬼怪作祟经》《鸡卦解》《算命书》《择日子书》《黑道凶日书》《释邪兆书》《七十二签书》《星辰占卜书》《占娶嫁征书》《占梦兆与失物书》《雌鸡啼凶书》等等。

百解经

百解，即消除一切邪祟之意。彝族凡遇家运不顺、械斗失利、疾病缠身、庄稼遭灾、牲畜瘟疫、婚丧事完结、农事结束，以及发生误会、口角，发现乌鸦在屋顶鸣叫，狗在半夜无故狂吠，梦见房屋大树坍塌时，都认为是鬼怪邪祟作怪，必须请毕摩诵相应的除邪、驱鬼、咒鬼、消灾等经书。这类经书主要有《百解经》《解罪经》《除魔经》《解冤经》《断口嘴经》《解咒经》《禳解经》《化解灾星经》《解凶梦经》《送鬼经》《除邪经》《洁净经》《叫魂经》《宅内祛邪经》《续寿添福经》等等。

祈福经

祈福经是彝族毕摩在进行祈福、招福、播福、许愿、还愿等宗教活动时诵读的经书。主要有《祈后代兴旺经》《祈丰收经》《祈六畜兴旺经》《留福禄经》《安福禄经》《祈福禄经》《祭福禄经》《敬福禄神经》《地田经》。

指路经

指路也称送魂或送魂指路，简单地说，就是彝族毕摩在为死亡者主持葬礼、作祭、作斋等宗教仪式时，护送指引亡魂回到祖先发源地与祖宗团聚。《指路经》就是毕摩在这些重大祭祀活动中所诵读的经书的总称。

彝族传统观念认为，人死后灵魂仍然存在，如果不将亡魂送归祖源地与祖宗团聚，就会变成野鬼，游荡于荒山野岭，缺衣少食，孤苦受欺，这样必然会回家扰乱后代，祸及家庭。所以，人死后，必须请能通人神，熟悉家族谱系，掌握各种知识，通晓送魂路线，具有无上法力的毕摩前来指路。所以指路仪式通常也就包括了祭奠安葬死者、做灵牌在家供奉、将祖灵魂送入祖灵洞等内容。《指路经》通常就使用在这些场合中。

《指路经》真实地记录了古代彝族人民所处的地理环境和彝族各支系的迁徙路线，对研究彝族的起源和迁徙过程有较大的参考价值。由于古代彝族各支系的迁移方向不同，所以各《指路经》所指的具体方向和路线也有差异。从所了解的经书来看，四川彝族的《指路经》是指向东南；贵州彝族的《指路经》指向西南；云南南部红河一带彝族的《指路经》是指向西北。[①]《指路经》对研究彝族历史分布状况极有价值。这类经籍主要有《咒鬼经》《断鬼路经》《亡人引路经》《献牲经》《迎祖筒经》等等。

四川凉山美姑县彝文经籍。

①华林：《西南彝族历史档案》，第25页，云南大学出版社，1999年8月版。

四川凉山彝族毕
摩正在念《指路经》。
曾承东摄

四川凉山彝族毕
摩为亡灵指路，护送
亡灵回到祖先发源地。
曾承东摄

彝族将"开光"后的石虎安置在门头、屋檐、屋顶上，认为能庇佑家宅的平安，驱除不祥。

神秘的原始巫术

巫术

作为一种原始文化现象

从产生之日起就与人们的

生产生活紧密结合在一起

并随各种民俗活动的传承

而得以长期保存下来

云南石林县跃宝山彝村安放在家宅上的石狮子。

　　巫术，作为一种原始文化现象，从产生之日起就与人们的生产
生活紧密结合在一起，并随各种民俗活动的传承而得以长期保存下
来。至近现代，巫术仍在各地彝区流传。彝族大部分巫术只有毕摩、
巫师能够施行。彝族毕摩行使的巫术内容和形式多样，总体说来，
主要表现为占卜、禳灾、诅咒、盟誓、神判等几个方面。

正在作法的四川凉山彝族毕摩。

号大觋幡，或曰拜祃，或曰白马。取雏鸡雄者，生刳其两髀束之，细刮其皮，骨有细窍，刺以竹签，相其多寡向背，顺逆之形，其鸡骨窍各异，累白无雷同，以占吉凶"，书中较为详细地记述了彝族鸡股骨的占卜。现今云南武定、宣威等地彝族毕摩仍沿用此法。

四川凉山彝族则通常通过观察鸡两只股骨上面的凹眼来推断吉凶。每根股骨上针眼大小的细孔的数目是推测吉凶祸福的主要依据，主人吃占主方，客人吃占客方。如果两孔数之和超过四，称为"惨"，意为慌、急，近期会有凶事降临。还认为鸡股骨眼孔相距越近，凶事降临的时间也越近。倘若主方的一只股骨有一孔，而另一只有两孔，预示家人已经有一人失了魂，需招回失魂。[①]由此可见，原本是两根普通的鸡股骨，通过彝人的诠释，富有了神秘的内涵，并成为彝人推测吉凶祸福的依据。

胛骨的征兆

胛骨卜在彝族的精神生活中也占有重要地位。过去，大小凉山、滇北滇东北及黔西北等地彝族的毕摩都要用牛、羊、猪的胛骨来推测吉凶。这当中，占卜羊胛骨是最为流行的一种方式。

羊胛骨卜，也称烧羊膀卜，凉山彝语称为"约格及"。先由毕摩取来一块绵羊肩胛骨，边诵经表明占卜的用意，边用火烧燎胛骨。

① 王昌富：《凉山彝族礼俗》，第221页，四川民族出版社，1994年2月版。

当骨面发出炸裂声，毕摩就用手轻轻擦除骨面的黑烟，并在胛骨上面沾一点唾液，胛骨立即显现出各种不规则的裂纹，毕摩便根据裂纹的长短、曲直、左右、上下等来判断所卜之事的吉凶。

对于胛骨兆纹出现的位置，彝族把它分成了不同的部分，每部分都有特殊的内容。四川甘洛、美姑等地的彝族，将胛骨卜兆裂纹按其位置的不同分为天、地、主、客四部分。天、地也称为头、脚，裂纹在上代表天，在下代表地；主与客的区分则因肩胛骨左右不同而互易，骨脊一方为主，另一方为客。主方代表自己，客方代表敌人，天代表鬼神等外界力量，地代表自己的命运福泽。如果主方强客方弱，则主方的裂纹又直又长又高，视为吉兆；反之，为凶兆。在判断吉凶时，同时要参考天、地方的裂纹，因为天、地方代表神灵的态度和自己的命运，所以，某种兆纹是否出现，或是否出现双道裂纹，也就成为判断吉凶的根据之一。①

（图1）

（图2）

下面摘举几例凉山彝族对羊胛骨兆纹的几种解释。

如果胛骨显现图1的裂纹，彝族解释说：

命运：内力外力都弱，无力，表示天与地的裂纹都居中，是不吉之兆 。

病情：人鬼双方均弱，久病不能愈，天地不偏。

战争：敌我双方势均力敌，如果发生战争，会两败俱伤。

生意：双方利少或无利润可赚。

（图3）

如果胛骨出现图2的裂纹，彝族又解释道：

命运：内力与外力相当，代表天、地的裂纹都居中，是平平安安的上吉之兆。

病情：表示天、地的裂纹都正而居中，无鬼纠缠，人无病，是吉祥之兆。

生意：本金与利润持平，双方不亏也不赚。

（图4）

如果胛骨占得图3的兆纹，彝族认为：

命运：表示外力显现而内力隐没，是天、地不支的征兆，预示一生受苦受累，是不吉之兆。

① 汪宁生：《彝族和纳西族的羊骨卜》，载《民族考古学论集》，文物出版社，1989年1月版。

病情：表示外鬼凶狂，人无法抵御，是病重而危险之凶兆。

战争：敌方显现而我方隐匿，天、地也未显，表示未能作主，战争要失败，是凶兆。

生意：虽有利但无法获取，为不吉之兆。

如果胛骨出现图4的裂纹，则表示：

命运：内弱外强，临死，不吉。

战争：敌盛我衰，战而必败，不吉有凶。

生意：人利我亏，难得保本，不吉。[①]

木卦的信息

在日常生活中，当人患病需要卜问病势，物品丢失需要寻找，或者需要知道祭祀的吉日等情况时，彝族常要通过木卦来确定。木卦主要包括木刻卜和掷木卦两种。在彝族的信仰观念中，打木卦时必须要向神灵表明打卦的目的，祈求神灵帮助后，所打的木卦才能灵验，所以在占木卦之前，通常要先祈祷神灵。由于各地彝族占木卦的方法不同，故对卦象的解释也有殊异。

川、滇大小凉山彝族流行木刻卜，也称打木刻，彝语称"塞约木"。以占卜病况为例，方法是：毕摩取一根长约三四尺的木条或木片，先让主人报出姓名和欲卜之事，毕摩边诵经边用刀随意在木条上刻锯。念经完毕，顺手将刀横在中间，数上下两端木刻的单双数目，上方代表鬼方，下方代表自己，奇数为强，双数为弱。如果己方强，鬼方弱，则视为吉卦；如果鬼方强，己方弱，预示凶兆；上下都强为中平；上下均弱为凶兆。有的毕摩又把木刻分为三段，上方代表男鬼，中方代表女鬼，下方代表自己。认为己方强鬼方弱为吉兆；鬼方强己方弱为凶兆；如男鬼弱，女鬼及己方都强又认为是中上卦象。

云南禄劝、武定、永仁等地彝族则通行掷木卦。卦板由马桑枝或松枝做成。先取一段长约三寸、厚五分的马桑枝或松枝，两端削成斜面，剖为两半做成卦板。卜卦时，毕摩双脚跪地，双手捧合木

① 王昌富：《凉山彝族礼俗》，四川民族出版社，1994年2月版。

卦板，喃喃诵经，祈求所卜的事由后，将卦板随意抛出。如果抛出的木卦板剖面均向上为阳卦；剖面都向下是阴卦；一块剖面向上，一块剖面向下，则表示吉卦、顺卦。彝族不管是卜问何事，都要卜到顺卦后方止。如果是为病人招魂，当卜到吉卦以后，要立即为神灵献酒敬肉，化钱纸，以感谢神灵为病人找到了失魂的原因，最后把失魂招回家中，认为病人就能马上康复。

鸡蛋的神奇

鸡蛋本是极普通之物，但在毕摩的观念里，鸡蛋同样具有神秘性，可用于占验疾病、灾情。云南武定、禄劝等地彝族的卜法是：毕摩在经书上放一只碗，再用一碗冷水洒向烧红的卵石，以热气蒸熏驱秽。然后，毕摩念经持鸡蛋向卜主问明所卜之事，把鸡蛋打在经书上面的碗里，仔细查验蛋黄蛋白，以定吉凶。蛋黄上的数个小泡代表天、地、日、月、星等神位，小泡正为吉，偏斜为凶。

云南永仁县彝族支系俚颇的蛋卜多用来为病人招魂，或者

四川凉山彝族毕摩用鸡蛋占卜，测定吉凶。 曾承东摄

为病人寻问作祟的野鬼。先取来一只木盆或木盘，盆（盘）里面放半盆（盘）米（或玉米粒），将一酒瓶横放在米粒上，让病人坐在旁边，卜者取来一枚鸡蛋，在病人头上绕一圈后，边诵经边用双手将鸡蛋的尖端放置于酒瓶上，念诵时要一一点明四方过去非正常死亡人的姓名。彝族认为，凶死者大都会变成野鬼，会经常作祟于人，所以人生病均被认为是野鬼纠缠所致。当念到某凶死者姓名时，鸡蛋偶然直立于酒瓶上，就断定病人为此鬼所害。如果鸡蛋不能立于酒瓶上，表示作祟的鬼还未找到，要继续念经，直到鸡蛋立于酒瓶上为止。

凉山彝族称鸡蛋卜为"瓦齐也撒"。方法与上述云南彝族的几种占卜方法又有很大的不同。先由病人用针在蛋头上刺一小孔，吹进气，然后在身上各部位按摩。卜者自言自语："从头到脚二十四关节，所病所痛都移到白鸡蛋上来。"反复多遍，再交给主卜人，主卜人一番劝言要"病鬼来显现"，数落一阵鬼神名后，把鸡蛋打入一盆清水之中仔细观察：

如果蛋壳的裂口整齐，占为天晴，表示病人将很快好转。

如果蛋黄无阴影，为纯黄色，是体内无病之兆。

蛋黄左边有一个绿色的泡，这是山神在护助、支撑着病人。

蛋黄右边有一个绿色的泡，则表示魂，如果此泡不现为失魂之兆，舀盆内水冲击，泡能出现表示失魂可以招回，不现则认为无法招回失魂。

假如有几个小泡紧连为一组，无蛋清缠绕飘浮于水面，认为病鬼是专使人肚痛、耳鸣、头昏眼花的"死而"鬼，需要放枪鸣炮驱走。

如有许多蛋清托着两个大泡，彝族认为是"拖伙"神，是黑彝变成的鬼在折磨病人，需要祭送走。

彝族还认为，泡大且只有一条蛋清丝相连的是汉鬼，彝语称"耍兵"，需要撵走或用烧肉、油、荞面、饭等香食送走。

猪脏的预示

川、滇大小凉山彝族每当青年男女订婚和逢年过节预测来年人丁、牲畜、疾病等吉凶时，都要占验猪脏。猪脏卜包括猪胆、猪脾、猪心肺、猪膀胱等卜术。

胆卜，凉山彝族称"乌及海"。把猪宰杀后取出胆，通过观察胆汁多少和颜色来定吉凶。胆汁多者为吉，少者为凶；胆汁饱满，外有光泽为吉，预示来年人安物丰，神灵保佑，婚姻美满；胆汁色黑不满是灾年之兆；胆汁色驳多斑为死丧之兆。

如果要占事态有无反复、祖先神灵意向、事情发展态势时，则行猪脾卜。彝族认为：脾面平展、润洁、无翻翘为吉，事态进展将会顺利，不会出现反复现象，祖先神灵意向满意；反之则凶。

彝族还通过猪心肺来预测病人内体状况。猪心大，有血色，红润，光泽好，肺部无症结、污斑为吉；否则认为病情已很严重。

彝族也通过猪膀胱来占测来年旱涝灾情。认为膀胱内尿多为涝，尿少为旱，适中为吉。[①]

牛羊角卦象

与其他地方的彝族不同，云南巍山县彝族毕摩为病人推测病况时又经常采用牛、羊角卜术，即用二寸左右长的一对相吻合的牛角或羊角，视其掷于地上的情况来定吉凶。掷放时，先焚香，献上三牲、酒茶，边念咒语边掷卦。如相吻合的两面都朝上，即为阳卦；相吻合的两面都朝下为阴卦；一面朝上一面朝下，即为阴阳卦。如果卜问病人，卜到阳卦，预示病情很快会好转；卜到阴卦，预示病人病情严重，难以康复，家人必须为其准备后事；卜到阴阳卦，预示病人生病时间还很长，但会慢慢恢复。

彝族及毕摩的占卜种类和方法还很多，不用一一列举我们都可以看到，不论是何种占卜，彝族都有自己独特的解释，都蕴涵有特殊的消息和征兆，并且无时不在与人们发生着关系，这或许就是占卜一直得以流传的重要原因。

① 王昌富：《凉山彝族礼俗》，第212、219页，四川民族出版社，1994年2月版。

禳解病灾殃祸

　　禳解，就是驱除殃祸和不祥，是彝族毕摩主持的巫术活动之一。过去，彝族凡是遇到病魔缠身、家境不顺、庄稼歉收、牲畜瘟疫等情况，都认为是鬼魔作祟所致，常要请毕摩前来作法驱除。所以，禳解巫术在彝族生产生活中同样占有重要地位。禳解的方法多种多样，针对不同的殃祸，必须采取不同的巫术仪式。

招魂祛病术

　　彝族认为，人有灵魂，一旦灵魂失体，人就会生病，必须请毕

四川凉山彝族毕摩作法。

摩前来招魂。彝族招魂的方法很多，各地有异。凉山彝族的做法是在主人家门口置玉米粑两个、鸡蛋一枚，从门内牵红线丈余至门外作为引魂路线，让两人持木瓢站在门外，将瓢内的水泼出以示驱鬼。随后由家人背枪，尾随毕摩绕屋一周，边走边呼："某某的魂回来！家人在等你，家人在呼你……"同时，毕摩在屋里插树枝，将绵羊、鸡蛋、针、线、大米、白布放在面前，念《招魂经》，最后把树枝捆在村前的树上，表示将鬼驱除送走，把魂引回家中，使其归附在病人身上。[①]

祛病鬼是彝族地区较为普遍的巫术形式，在彝族生活中不可缺少。过去常用的方法有：

一是请毕摩到病人家中，坐在病人身旁念经，边念边从彝文书上查寻作祟的邪魔及禳解时需用的牲畜，而后取茅草扎成数个草人（彝语称"和密"），大小不一，把草人安置在地上后，用线拴在病人头上（男用红线，女用蓝线），并牵拉预先备好的牲畜，在病者四周转绕一圈后，让病人向牲畜嘴内吹一口气，随即将牲畜缚置于地，毕摩不停念诵咒经。接着将牲畜打死，立刻取出心、肝、脾、肺查看，如果发现其中某处有黑点或病变，便认为病人的病就在此处。病情查明后，毕摩一边念经，一边烧肉。念经结束，立即将病人身上所拴的线割下拴于草人头上，送出屋外，抛到野外十字路口。[②]这样，病人的病就随草人带走了。

二是请毕摩到病人家中，坐在锅庄后面，边诵经边扎四个草人。同时，家人执公鸡一只，在病人头上绕九转后送毕摩打死，取鸡血淋于草人。接着，家人再拉一只山羊，在病人的头上绕七转，宰杀后同样用羊血再淋草人。淋毕，羊由家人剥皮切肉。毕摩在公鸡翅膀上挖一个洞，用嘴往里吹气，气流从鸡嘴中泄出，发出呜呜的声音，此时，屋中所有彝人随之厉声呼喊，借助毕摩的神力将病魔驱出室外。[③]

彝族禳灾祛病的方法很多，毕摩针对不同的病情，采取不同的驱解方法，以下再列举几种毕摩驱除病鬼的具体方法：

① 何耀华：《彝族社会中的毕摩》，载《毕摩文化论》，云南人民出版社，1993年6月版。

② 王成圣：《倮倮的神权思想》，载《边疆通讯》，第4卷第3期。

③ 白荻：《倮罗的宗教和他们的巫师》，载《京沪周刊》，1947年第1卷第21期。

送干病鬼

送干病鬼，凉山彝语称"牛力母"。如果有人得了痨病，瘦骨嶙峋，彝族认为是干病鬼作祟所致，只有请毕摩作法驱除。彝族还认为这种病是由猴子传染的，所以，毕摩作法时须用十一只牲畜、一只猴子。第一天到第八天在病人家中念经，到第九天，毕摩把猴子带上山，在山上插上神枝设立祭坛后再念经，然后扎一草人捆在猴子身上，把猴子放走，表示让猴子把病带走，病人就能够得到康复。

送麻风病鬼

凉山彝语称送麻风病鬼为"初宁毕"。彝族认为麻风病是由称为"初"的鬼怪作祟引起的。治此病，只有请毕摩施法惩治。行此道场要用牛一头、猪二头、鸡六只、猪油小半锅、酒三坛。砍神枝三百对插于山顶，摆下"天神方阵"后，杀牲祭天、地、山、水众神，吁请各路众神将麻风病鬼吃掉。毕摩一边念经一边炼猪油，待油热冒烟，放入镰刀一把、铜器一件、铧口一件、斧子一把、尖刀一把，让病人绕锅转一圈后，分腿蹬于锅上，用油烟熏裹毡。有的则让病人坐于大蒸笼内蒸熏。这些都是被毕摩神化了的蒸疗法。[①]

送肺结核病鬼

彝族认为患肺结核病也是由鬼作祟所致，需请毕摩作法驱除。首先毕摩要在主人家锅庄上方插上六根神枝，用艾蒿水淬入烧红的石头解污，然后请山神与"缺谢"（毕摩专祀神）助法。毕摩口中念咒，捆缚一只绵羊或其他牲畜，先让人举起在病人头上转三至五圈，同时在病人身上摩擦，然后将牲畜宰杀，取心、肝、腰煮熟后，供在锅庄上方的神位上。继而将事先扎好的草鬼送往屋后沟头，念驱鬼咒语，最后将病人魂招回即告结束。

促育术

促育术，彝语称"曲耳比"，意为给不能生育的妇女念经。这是

① 《四川省凉山彝族社会调查资料选辑》，第385～386页，四川省社会科学出版社，1987年2月版。

彝族为延绵后代、防止断子绝孙而采取的一种法术，为期一般两天。用猪二只（一母猪、一小猪），鸡一只，酒一坛，柳枝三十根。首先请毕摩在家念《促育经》一天，到第二天，毕摩率领妇女、家人带上上述祭品前往山坡祭场。摆好祭供物，妇女坐前面，毕摩坐后面念经，并杀小猪烧肉吃，最后把妇女的全套衣服、男人的帕子绑腿捆在树上，扔鸡蛋，以示驱除了秽鬼。

四川凉山彝族毕摩正用蒸熏法为人治病。
曾承东摄

其实，彝族毕摩的医术，总体来说包括两方面，一是毕摩的"神治"，也就是毕摩的驱鬼神术；二是"药治"，就是毕摩用彝区的各种草药、兽药和其他一些传统医疗技术进行医治。由于彝族信奉鬼神，认为人生病是由鬼神作祟所致，所以，过去毕摩的医术多为神治和药治相结合，也称"神药两解"。

彝族毕摩的重要职能之一是为病人施行招魂、驱鬼等巫医术。"事实上，如果说巫医还有什么灵验之术或神意显灵的奇迹的话，即它们其实不在'巫'而在'医'，不在神而在人。或者可以这样说，在某些情况下（病人对巫术坚信不疑，病情非不治之症等等），由于精神的作用，以巫术辅助着医术，心理制约着病理，是可以使病情发生些许转机的。"[①]当然，某些毕摩在为病人"驱鬼"时，要为病人服上几剂草药，有的彝族毕摩，还掌握着一些草药单方或秘方，能在跳神的同时为人蒸熏、针灸、按摩、刮痧等，这些民间疗法或土方，有的也能治疗痼疾，减轻病痛。

为了避免鬼怪作祟、疾病降临，彝族普遍相信避邪物和护身符的特殊作用。凉山彝族常在颈下或扣子上吊着一个小布袋，里面所装之物主要有：石斧、石锛、石凿等远古人类遗留下来的石器，认为这是打雷时从天空遗落于地而不能再返回去的神物，附有神灵，

---

① 周凯模：《祭彝神乐》，云南人民出版社，1992年10月版。

可避邪除瘟疫。蟒骨，可治麻风，佩带身上，可防治麻风病。毒草，也附有神灵，鬼怪惧畏，将毒草携带在身上既可避邪，亦可磨水治肿痛。麝香，可用来治牙痛、疮、蛇伤、肿毒等病痛，还可驱除患此种病痛的鬼祟。生蒜，其气可避虫蛇，也能避鬼避邪。

祈安净宅术

彝族遇病或发生不祥之事，还认为是家宅不净所致，也要延请毕摩净宅，彝语称"卓尼书"。方法是在门前平地上插上十八根刮去皮的柳枝，放一撮荞麦，在旁置一头猪和一只鸡。毕摩一面念《平安经》，一面将柳枝扫倒，以示将家宅的鬼祟驱除。

凉山彝族每年家家都要净宅两次，以保家宅平安。一次在农历三月间，一次在农历八月间，富有者每月一次。

四川雷波县彝族平时祈求家宅平安、人口康泰而作的法事称"太平菩萨"。过去在黑彝家族中较为流行，每年约举行三次。第一次是在农历二三月间。由主人邀请毕摩到家，毕摩将树枝的桠杈插在正屋靠大门口的地上，用以招神，有桠杈的代表烛，无桠杈者为香。毕摩坐在树枝的上方，面对大门念经，请山神、毕摩的护法神和家神。请神完毕，毕摩开始念经。继而先取生羊肉数块来请山神，又取煮熟之羊心、羊肚、羊腰等三小块放盐少许及辣椒，毕摩将之洒泼四方，让各鬼分享。然后，主人、毕摩、帮忙者分坐屋内屋外聚餐。主人又做一木刻表示鬼，交与毕摩，毕摩对着木刻念道："今天请了某神某神到这里来，他们大家咒你撵你，你赶快出去，不准逗留在此！"说毕，将木刻丢出门外，如尖端向外，则表示鬼已离去，否则鬼尚在屋内。如木刻尖端向屋内，毕摩要继续念咒直至抛出的木刻尖端向外为止。同时，毕摩取一本《招魂经》，站在大门口，依次念主人全家人之名字，招回主人全家之魂。第二次在农历七月间，仪式如同第一次，祭用牺牲品为羊，富有者用牛，穷者以杀鸡代之。第三次在农历九月间，通常在玉米收获之后，仪式与第一次同。三次仪式的举行，日期由毕摩择定，均在主人家中进行。送鬼时群起怒吼、狂跳，以助声威。[1]

① 徐益棠：《雷波小凉山之罗民》，第73~74页，金陵大学中国文化研究所印行，1944年4月。

诅咒与盟誓

在彝族毕摩主持施行的巫术仪式中，诅咒与盟誓占有重要地位。不管是诅咒还是盟誓，都强烈地受到鬼神观念的支配，诅咒是为了战胜仇方，盟誓同样是为了制胜敌人。

咒鬼与咒人

诅咒是彝人通过咒语来达到自己某种愿望的一种巫术行为，多在彝人患病或与冤家发生械斗、战争时举行。诅咒从总体上讲包括两方面的内容，一为咒鬼，二为咒人。不论是出于何种目的，都要请毕摩主持。

彝族认为，各种凶鬼或恶鬼都同人一样，具有喜怒哀乐的多重性格。凶鬼如喜乐，能够造福于人，若怒哀，就会降祸于人。所以凡家运不顺，遭遇种种不幸，都认为是恶鬼作祟所致，须请毕摩前来咒鬼。

为病人咒鬼，凉山彝族称"尼此日"。其法是延请毕摩到病人家里，先准备好一只山羊、一头猪和一只鸡，三十根白杨枝，三十根柳树枝。将树枝插在主人家的锅庄旁，把羊、猪、鸡拉放在毕摩面前，毕摩诵《咒鬼经》后，把牲畜打死以祭。咒鬼一般需要三天，每天都由毕摩念咒语，彝族认为这样就可把作祟于病人的凶鬼驱除。有的地区，以插立咒鬼木阵图方式来驱鬼。木阵图布设在主人住房附近坡地上。通常选用柳枝、桃枝、栗树枝，树枝有带枝带皮的，有不带枝叉的，有去皮的。毕摩将这些树枝插成多个方块状后，念诵《咒鬼经》，作法将作祟的凶鬼驱入木阵图内，将鬼围困在木阵之中。[①]

① 左玉堂：《中国西南彝族毕摩文化》，载《毕摩文化论》，云南人民出版社，1993年6月版。

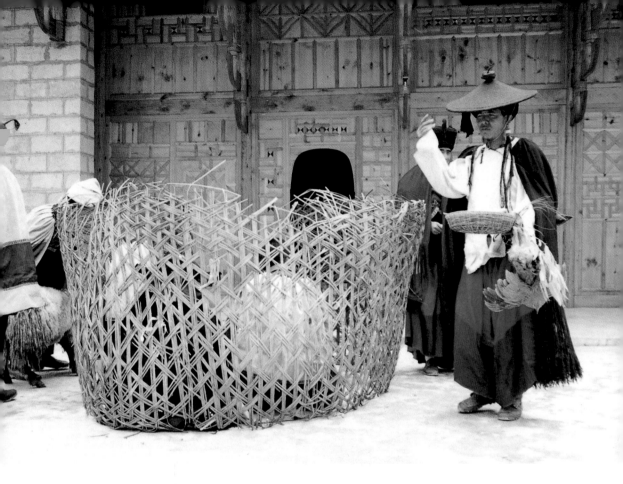

四川凉山彝族毕摩
正在作法。

　　彝族笃信咒语的魔力，尤其信奉毕摩的咒语能产生无穷的威力，所以凡发生冤家械斗、战争或失物后怀疑为某人所窃，也要请毕摩前来诅咒。彝族认为，通过诅咒，冤家仇人或偷盗者将会遭殃，甚至死亡。

　　诅咒冤家仇人，川、滇大小凉山彝语称"子克觉"。常用的方法有两种：一是扎草人像，用一只小狗，指明仇人，并表明诅咒之意，然后，毕摩诵经诅咒。诅咒毕，将小狗打死，淋血于草人像上，趁黑夜将死狗、草人像悬挂于冤家仇人房屋附近的树枝上，让冤家仇人误撞。冤家仇人误撞到死狗和草人像，必遭大难，甚至死亡。另一种是用稻草扎一草人，由毕摩念经，取一根因患癞疮而死亡的牲

畜的腿骨、腰骨或猴子的腿骨，捆在草人身上，指明冤家的姓名念
咒。咒毕，遣人将草人及腿骨偷偷送往冤家的室内、宅旁、村旁、
道旁或田野，以使冤家得病而死。此外，有的毕摩还常用活獐子或
野鸡一只，念咒后，让其奔入冤家屋中，使该家绝亡。

　　有诅咒就有反咒，这也是彝族较具特点的巫术形式，川、滇大
小凉山彝语称"吉觉"，是将仇人施行的巫术反咒回去之意。这是一
种黑色巫术，是冤家间的暗斗，也是彝族以巫术治巫术，法术斗争
与器械战争相互并行的巫术行为。[①]

　　彝族的反咒术，也称断口嘴，其目的"除了以刀还刀，以牙还
牙外，还要以魔术还魔术——破坏敌人的魔法进攻又在暗中用魔术进

滇南红河县彝族在
村头立一寨门，以驱除
进入村寨的一切邪秽。
　　　街顺宝摄

<hr>

①　林耀华：《凉山
彝家》，第98～99页，商
务印书馆，1947年5月。

攻"。 断口嘴，原意为堵防或断绝别人恶意的咒语，后发展为与一切不吉做斗争或预防不吉的神术。根据发生之事的大小，断口嘴分为断大口嘴和断小口嘴。断大口嘴要打牛、羊、猪，断小口嘴只需打一只鸡即可。但不论是断大口嘴还是断小口嘴都要抛鸡来卜吉凶。方法是把鸡打死后抛掷在堂屋中，鸡头朝外为吉，鸡头朝内为凶，然后，根据吉凶确定堵截或断绝别人恶意咒语时需采用的咒语的内容。以彝人的观念来看，咒语是一种不见刀枪却胜于刀枪的秘密武器，彝族相信咒语能克制于人同时又畏惧别人施咒于己。

盟誓的方法

在彝族的传统观念和行为中，盟誓往往渗透着很多神性意识。双方订立誓约时，须请毕摩临场，让神灵作证，使双方恪守盟约，所以订立盟约的过程就是实施巫术的过程。

钻牛皮、饮血酒是彝族盟誓的主要方式，多在处理冤家械斗和解、双方联合抗敌时举行。盟誓是相当神圣和威严的。由双方或多方宣誓者各出一只鸡、若干斤酒，共出一头牛，分别请一名毕摩来共同主持。毕摩诵经请各路神灵莅临监督。毕摩念毕，当场取斧将牛打死，取出腹内五脏，然后把牛皮连头带尾及四肢挂在一个高高的木架上。木架两端立有四根柱，中间有一横木，一端高一端低，斜横在四根木柱的中间，牛头放在高的一端，宣誓者依次从牛尾一端钻进，从牛头一端钻出。参加盟誓者仰天赌咒："有负此盟，当同于鸡、牛。"咒毕，接过牛血和鸡血混酒，一饮而尽。

彝族常采用折断棍子的方法表明自己心底的清白，也为了取信于他人。当事人双方在头人证明下，请毕摩前来主持。毕摩念经取得神灵的授意后，盟誓者以折断一根棍子来表明恪守誓言。在彝族的观念中，折断棍子就等于折断身躯。如负约，自己就如同棍子一样折身死去。有的则采用打鸡的办法来订立誓约。同样，当事人双方在毕摩的主持下，赌咒者仰天面对神灵发誓，如果违约，如同鸡一样被打死。显然，盟誓无疑对当事人双方起到了一定的约束作用。

① 白荻：《保罗的宗教和他们的巫师》，载《京沪周刊》，1947年，第1卷第2页。

神明裁判

　　神明裁判，简称神判，是彝族毕摩借助神的至上力量来判决诉讼当事人孰是孰非的一种巫术方式，也是彝族习惯法的重要组成部分，曾广泛流行于大小凉山彝族地区。神判须由毕摩主持，一般用于因财产债务、盗窃案件、发生口角等引起的纠纷。

　　打鸡狗，彝语称"克瓦努"，是过去凉山彝族社会中最常见的认定债务的神明判决形式，目的是为了判明是非曲直，表明债务清白。例如，某甲称某乙的祖人欠其祖人之债，而某乙又不承认，发生纠

四川凉山彝族毕摩手摸烧红的铧口，以显示自己的法力。

曾承东摄

纷，就通过打鸡狗了结。方法是请毕摩前来主持，取一鸡或一狗，双方当场声明理由。某甲誓词说：如果你祖人不欠我债，现在冤枉你还债，则此后如此鸡狗一样死去。某乙又说：如果我祖人确实欠债，现在我骗赖你，那我以后亦如此鸡狗一样死去。念完誓词后，立即将鸡狗打死。如鸡狗由某甲打死，则某乙必照数偿还其债，若为某乙打死，则表示债务清白。仪式完毕，从此了事。其他如彼此结算账目时，数目有争执而不能了结时，也常以打鸡狗方式来裁判。[①]

捞油锅。这是彝族毕摩进行的神判巫术之一，专用来测试盗犯。其法是先将油盛入锅中烧煮，毕摩念咒后向锅中撒一把米，面对油吹一口气，先伸手入油锅中捞米，证明油不灼烧无过之人，然后再由失主及有关人员轮流伸手去捞米。据说毕摩念过咒作了法，鬼神显灵，油只烧盗犯或虚传失物者，人群中如有偷盗其物者，必受油煎，其他的人则平安无事。

另外，彝族过去还有抓开水、嚼生米、捧石子等神判方式。这些神判方式无疑是荒唐无据的，使许多人因此遭受了不白之冤。神判是强加在人们头上桎梏的枷锁，神判是人们试图找到合理公正的评判却又无能为力，只能听天由命的一种心理反映，追溯根源，仍在于人们信仰的神灵观念的强烈作用。

---

①毛筠如：《大小凉山之彝族》，转引自《中国各民族原始宗教资料集成》第370页。

彝族认为"天菩萨"是一个人灵魂的驻所，任何人都不能轻易触摸。图为留有长长"天菩萨"的四川凉山美姑县彝族男子。

无处不在的禁忌

禁忌是人类社会

古老而又神秘的

综合民俗文化现象

综观世界一切

古老民族的习俗

几乎都不同程度地

存在着禁忌

正在诵经作法的四
川凉山彝族毕摩。
　　曾承东摄

　　禁忌是人类社会古老而又神秘的综合民俗文化现象，综观世界
一切古老民族的习俗，都不同程度地存在着禁忌。禁忌包含的内容
可概括为两个方面：一是崇高的、神圣的，即对自然神、自然物体、
祖先、尊者等方面的禁忌；二是神秘的、危险的、禁止的、不吉的，
即对鬼魂及不吉、不幸、不祥的物与人的禁忌，也包含对疾病死亡、
天灾人祸等事物的禁忌。

　　禁忌产生于人类社会的早期历史阶段，是原始先民无法抵御和
战胜各种灾难、疾病的重要表现，是原始先民为了避免灾祸的降临
而采取的自我约束、自我限制或自我回避。禁忌的产生与宗教信仰
有着千丝万缕的联系，禁忌的传承与演变同样跟宗教活动密切相关。
直到今天，禁忌作为一种相对稳定的民俗内容，仍广泛存在于世界
各民族之中，它犹如一张无形的潜网，笼罩于人们的头脑里，贯穿
在人们生产、生活等各个领域，彝族的禁忌习俗尤显突出。

禁忌的产生

云南石林县跃宝山彝族山神庙。庙里常年供奉用粗石垒砌成的神石。山神庙平时有专人管理，严禁人畜入内。

原始社会是禁忌产生的丰厚土壤，信奉的宗教观念是禁忌产生的认识根源。彝族的禁忌与其原始宗教的各种崇拜形式密不可分。有的禁忌，构成了毕摩文化的有机组成部分；有的禁忌，则表现在人们日常活动当中；而大部分禁忌，是在自然崇拜、图腾崇拜、祖先崇拜和精灵鬼魂崇拜等观念的影响下产生的。

源于自然崇拜的禁忌

彝族信奉自然神灵，相信自然界中的山、石、林、土及日、月、星辰等都具有神性，能主宰人们的吉凶祸福。为了趋吉避祸，避免各种自然现象给人类带来灾难和痛苦，寻求心理的慰藉，便产生了一系列的禁忌习俗。

在彝族的传统观念里，山神不仅是一山之主，也主宰着人们的狩猎、放牧等生产活动。彝族村寨里普遍都有山神庙，庙里供奉的石头为山神的代表。山神庙常年有专人管理，严禁外人和妇女踏入，山神庙附近的森林，也不准放牧、攀折，如有犯忌，将会受到神灵的惩罚，也会受到舆论的谴责，甚至被驱除出寨。

神林禁忌也是各地彝族普遍存在的一种习俗。如云南石林县跃宝山村的彝族支系撒尼人，视村寨附近一大片茂密的森林为神林，俗称"密枝林"。密枝林是神圣不可冒犯的圣境，平时严禁人畜入内，更不准在神林中伐木折枝，让女性走近，将死人葬入其中。这里的一草一木都具有威严的神力，若有冒犯，将受严惩。即使是每年鼠月鼠日祭祀密枝神的节日里，代表整个村寨进入密枝林的成员也有严格的限制。这些人一年内家中人畜须无死亡现象，家庭成员要三代同堂，主持祭祀活动的毕摩在一年内要未参加过丧事。祭祀密枝神的三天时间里，全村人禁止下地干活，禁止吹拉弹唱。如有犯禁，则认为是对神灵的不敬，必将遭遇大祸。

同样，由于对火的崇拜而产生的禁忌也较多。各地彝族居室正屋内都置有火塘，火塘上放有三块锅庄石或三角架，这是火神的住所，对此都严禁人们有不敬之举。灶台上常年供有灶神，不允许攀爬，烧火的柴不能放倒，要先烧柴头，后烧柴尾，否则，认为妇女生孩子时会难产等等。彝族认为住房里的中柱附有神灵，它主宰着一个家庭的兴衰，严禁随意抚摸、放置鞋袜、晒衣裤。在凉山彝族的观念里，男子头顶的"天菩萨"（彝语称"子尔"）是天神的住所，它主宰一个人的吉凶祸福，不可触摸，如犯忌，按传统要以最高礼

四川凉山美姑县彝家的三锅庄。锅庄为神灵的驻所，严禁亵渎。

仪道歉。彝谚"抓髻九头牛"，一语道出了"天菩萨"的神圣不可侵犯。以上种种禁忌说明，彝族众多的禁忌源于自然崇拜观念。

源于图腾崇拜的禁忌

图腾崇拜是一种古老的原始宗教崇拜形式，至今在彝族地区仍有不同程度的残存。彝族信仰图腾崇拜，并且相信人们的某一血缘联合体和动物、植物、无生物的某一种类之间存在着血缘联系，于是形成了对图腾物的禁毁、禁食、禁杀等习俗。

彝族对竹特别敬重，有关彝族祖先源于竹或因竹才得以脱离险境的神话传说到处都有流传。云南澄江松子园的彝族也曾将金竹视为祖神，称其为"金竹爷爷"，绝不能砍伐金竹。云南富民县彝族支系密且人各家族，分别将青冈栗树、大黄栗树、杉罗树、白牛筋树、

四川凉山彝家终年
不熄的火塘。

曾承东摄/

大青树视为族树。族树是各家族的象征和保护神，严禁砍伐、攀爬，平时用石头围砌树根，用树枝、荆棘、篱笆等围扎，以防猪牛等家畜伤害族树，还规定属于同一族树的人严禁通婚。[①]

彝族还把某些动物也视为自己的图腾。视为图腾的动物，当然也在禁杀禁食之列。

源于祖先崇拜的禁忌

祖先崇拜是各地彝区保存最完整最广泛的一种原始宗教崇拜形式。为了寻求祖先神的庇佑，彝族无不以虔诚的态度对待它、敬献它，为了防止祖神的不悦而给后人带来无可抵御的灾难，人们严守各种禁忌。

彝族供奉的祖灵牌，一般安置在正堂屋的左上方或正上方墙的至尊位置，是家人最神圣最崇拜的对象，严禁外人玷污、触摸，凡逢年过节，都须先祭献过祖灵之后才能用餐。如遇火灾，宁可舍去粮食、财物，也必须抢救出祖灵；如迁徙，可以舍弃它物，而祖灵必须由户主率先带走。此外，祖灵洞同样是神圣不可侵犯的，严禁外人走近。

隆重的丧葬习俗是彝族崇拜祖先灵魂的又一重要表现形式。在举行丧祭、安灵祭、送灵祭等一系列仪俗中，都存在种种禁忌。如凉山彝族不能在以上祭祀场地或在举行祭祀的村寨中缝衣擀毡，否则认为是在制丧服，将要死人。禁止在举行丧葬仪式时吵架斗殴，无论出现何种矛盾和争执都要和善解决，不然，祖灵不高兴会惩罚后代。丧祭、送灵祭时，禁止村里人砍柴、挖地、种植，认为砍柴是在砍烧尸的柴，挖地种植就是在挖坑置柴烧尸。禁止狐臭、癫子、麻风病人以及食过禁食动物的人接近尸体或祖先灵牌，认为这些人会玷污祖灵，使祖灵迷失返回祖先发祥地的路径。当毕摩在举行送灵仪式时，禁止站在送灵方向，一恐祖灵会将活人的魂带走，二恐祖灵会迷途。[②]

另外，有的禁忌习俗是直接为祖先灵魂考虑的，祭祖的目的是为了让祖先能够享用祭品和牺牲，如果不遵守禁忌，祖先将无法享

① 高立士：《窝且人的原始宗教》，载《思想战线》，1989年第1期。
② 巴莫阿依：《彝族祖灵信仰研究》，第138页，四川民族出版社，1994年8月版。

受献祭的祭品。凉山彝族忌讳祭祖的食品在灶上煮制并盛于瓷碗中，而必须在火塘上煮制后盛于木、竹、皮或银质餐具中。禁止用开水烫猪煺毛，而只能用火烧其毛，否则，祖灵领受不到牺牲、祭品。过彝族年时，禁止用同一头猪敬两代祖灵牌，家中供几代祖灵，就须杀几头猪供奉。丧祭停尸期间，禁止主祭者吃鸡肉、辣椒等，否则会惹祖灵生气等等。

源于鬼魂崇拜的禁忌

彝族信奉灵魂不灭，相信在人的躯体之外存在着能离开人的躯体而四处游荡的鬼魂。鬼有善恶之分，善鬼就是神灵，能保佑家人，恶鬼多由凶死者变成，会经常作祟于人甚至殃及全家。为趋吉避凶、消灾免难，产生了许许多多的禁忌。

凉山彝族在酿制水酒（一名吊竿酒）时，禁忌遇见附有"尔"的人，同时忌生人、带狐臭的人来看，否则，酒会变酸。传说"尔"是一种馋鬼，它或附于人身或四处游荡，也可成为世代家传的鬼。此外，彝族还忌讳与附有"尔"的人家开亲通婚，传说此鬼专害小畜，可使小畜变瘦甚至死亡。

彝族还认为，人做梦是因为人的灵魂暂时脱离躯体后的经历，相信梦中情景是梦者醒后会遭遇的凶吉的征兆。彝族常以梦来判断吉凶，故也产生了很多梦忌。

凉山彝族忌梦见被蛇咬，认为这是麻风病鬼作祟的凶兆（彝族称麻风病为蛇蛙病）。云南永仁彝族忌梦到家宅坍塌、大树倒下、牲畜家禽死亡，认为这是丧事来临的预兆。凉山彝族忌梦见人坐轿而去，认为是人已上尸架的表现，必然要死亡。梦见鹰落地，预示尸架来临，近期会听到死讯。忌梦到自己被人捉去，这是灵魂被死者夺去之兆，必须请毕摩念经祈禳。还说魂被捉去后如用牢实之物拴系并不可怕，还可返回人间；如用线或草牵着，就认为人魂与死鬼相处得很融洽，表示不愿再返回人间，是生命危险的极凶之兆。

禁忌的各种类型

从上我们可以看到，禁忌不仅与彝族毕摩文化诸形态的信仰观念密切相关，而且渗透于生产、生活、婚育、丧葬、年节等诸多方面。

生产忌

彝族忌讳某些特殊的日子出门干活，如犯忌，认为庄稼会歉收。四川凉山彝族每逢兔日，都不能种荞麦，如违禁，不仅荞麦无收获，而且会死人；忌猪日动土耕种，否则庄稼收成不好；雷鸣的时候忌下田生产，不然会遭受自然灾害；当荞麦正处于开花结籽的时节，忌手持镰刀、背着筐走入荞地里，不然，荞麦会枯黄，结出的籽会不饱满；烧葬尸体的日子和火把节期间忌下地干活，否则对庄稼和家人都不利。

古木参天的"大龙树"，是龙神的象征，严禁砍伐折枝。树干上围一圈竹藤，表示一年一祭。

街顺宝摄

云南哀牢山区彝族，在生产活动方面同样存在诸多的忌日。一是逢戊日都不能从事生产，一个月有三天戊日；二是逢焦日忌撒种；三是逢火日均不能下种等等。云南石林县彝族支系撒尼人在祭山神、祭密枝神的日子里，也不能下地劳动，如违禁，则对庄稼和家人都不吉利。

婚丧忌

彝族在婚事上的禁忌很多，禁忌的目的不仅在于稳定和保障男女关系上的合法性，而且考虑更多的是后代的繁衍和健康成长。

在彝族的观念中，姨母等于母亲，姨表兄妹就等于亲兄妹，所以，忌姨表兄妹间相互通婚，如有违背，要按习惯法处罚。彝族的婚姻多在同一辈分的男女间缔结，辈分不同的亲戚禁婚，姐妹两人一般不能嫁给辈分不同的两个男子。

彝族青年男女结婚，尤其注重双方的生辰八字，如果生辰相克则忌婚。彝族对结婚年龄、婚期的选择有很多的讲究，云南小凉山彝族最忌讳女子在偶数年龄结婚，尤其是二十二岁，认为在此年龄结婚，会给男方带来不祥。同时忌在每月的十三日、十九日结婚，认为此段时间是"虎口日"，凶灾较多。

云南巍山县彝族结婚时，新郎新娘均不能穿白衣服，认为穿白衣即穿孝服；新婚妇女不能爬上楼上的月台。云南有些地方的彝族，孕妇不能爬果树，更不能摘果实，否则，果树将不会结果；妇女分娩前的十多天，有在家门外挂一束树叶的习俗，这段时间，外人不准随便进出该户，该户的男子在其妻分娩前三天内不准到别家，否则会给他人带去不祥。

丧葬礼俗方面，各地彝族同样存在很多禁忌，几乎涉及到丧葬的每个仪式。丧葬中的禁忌，源于祖灵崇拜观念和灵魂不灭观念，同时带有明显的功利目的。

总之，彝族的丧葬禁忌是受灵魂不灭观念直接影响的结果，既然人死只是肉体的死去，灵魂仍然存在，那么，举行丧葬礼仪的目的也就主要针对生者而考虑。彝族丧葬仪俗中的禁忌还反映出另一种心理，即希望通过对祖灵、死者灵魂的虔诚敬仰以求得庇佑和保护，消除殃祸，保佑家兴业旺。

生活忌

凉山彝族忌猴日缝衣，认为此日缝衣是在缝制寿衣。忌虎日擀毡，否则会招致不测。还忌头帕、帽被火烧，这些都是灾祸临头的预兆。为男孩举行穿裤子礼，为女孩举行穿裙子礼，都忌双日。彝族还认为，妇女之所以能生育是附有生育魂，生育魂可以附在首饰、衣物上，因此，妇女的首饰、衣物忌赠送于人，否则生育魂会被送走而使妇女丧失生育能力。

各地彝族在饮食方面也保留了较多的禁俗。彝族忌吃粮种，认为吃种子是在吃"根"，即吃子孙。云南新平、元江、武定等县的彝族，过去不吃獐子、绵羊、岩羊、水牛、绿斑鸠、老虎、细芽菜、巴蕉叶等动植物，这些东西被视为图腾祖先，当然也就禁食，这说明有的禁食习俗源于图腾崇拜观念。

有的禁食习俗，则是出于对神灵的尊敬。四川凉山彝族祭祀祖灵时，禁食公山羊、公绵羊、公鸡、公猪肉，也不能吃暴死的牲畜肉，否则会影响祭祀灵魂的洁净，从而对后代不利。

居室方面的禁忌更是不胜枚举。彝族建房盖屋讲究坐向，正房的坐向以迎日出方向为吉，忌朝西方。进出门口，不能一只脚在门内，一只脚在门外，跨在门槛之间，要进就进，要出就出，不能长时间站立停留在门口；门槛不能坐，不能站，不能踢，非亲非故的孕妇，禁忌入别人的家门；不能扛锄、扛犁、戴斗笠、披蓑衣直接进出门槛；严禁别家的猪、鸡、牛、羊进入自己的家门等等。彝族认为，门神附于门槛、门楣上，它能阻止邪秽进入家门，招财福禄进家，如果亵渎或冲撞门神，就会失去保佑。此外，凉山彝族不准女子登房顶，不许女客上楼；虎日、马日忌建房，否则，房屋会坍塌，人畜遭殃。云南巍山县彝族禁止别人在家里哭闹，禁穿草鞋上

正在摇铃作法的四川凉山彝族毕摩。

曾承东摄

火坑床；禁止小男孩、妇女上火炕床横卧；禁止在家里吹口哨、唱山歌；忌牲畜进堂屋，忌狗上楼等等。

年节忌

　　年节禁忌是人们在岁时节日活动中对自己言行的种种限制。它表现出人们对神灵、对灾祸的畏惧和对福禄吉祥的祈求心理。在所有的年节活动中，彝族都存在一定的禁忌。

　　四川凉山彝族过年过节都要宰猪祭献祖灵，但忌用白毛猪、棕红毛猪、母猪过年，否则祖灵会发怒降灾。过年的三天或一个月内忌推磨，如违忌，来年将会遭雷灾。云南永仁县彝族逢年过节要祭祖，须先敬献过祖先之后家人才能吃饭，否则是对祖灵的不敬。忌大年三十晚走亲串友和不洗脚就入睡，否则，以后出门到别家都会赶不到吃晚饭。广西隆林县彝族，于农历三月初三、初四过"护山节"，节日期间，禁止人们上山伐木、砍柴、割草，不准驱赶大批牛羊上山放牧。在农历六月十六日至十九日的"祭公节"期间，禁止人们外出探亲寻友。祭公节实际是祭祀祖先的节日，如犯忌，祖先会不悦。各地彝族的火把节都与农事活动密切相关。火把节期间，凉山彝族忌掘土、走田地。云南巍山县彝族在火把节过后的次日，禁止人们耕种，如犯忌，会冲犯火神，降下灾害。

云南临沧县彝族供奉在家屋墙上的祖先灵位，严禁外人接近。

木基元摄

毕摩忌

毕摩是彝族从事各种宗教活动的祭司，是神与人交流的媒介，在彝族社会中享有崇高地位。在彝族的观念里，毕摩是神性化了的人，具有超越凡人的法力，限制当然也就比常人多了。

饮食上，毕摩禁吃狗肉及非宰杀动物的肉，若不慎误食，要洗身涤肠，不然以后法力会不灵验。禁吃鸡头、鸡爪，若犯忌，要终生停止从事宗教活动。忌吃水生动物和爬行动物，螺、鱼除外，若犯忌，要间断数月宗教活动。忌讳为吃过狗肉和死牛、烂马肉的人占卜、看病，更不能让这些人触摸法器、经书，不然法力会失效。不准驱打乌鸦、蟒蛇并食其肉，认为它们都是鬼和神的化身。毕摩的禁食习俗是出于维护自身的法力。

除此之外，在日常的生活中，毕摩还要遵守很多禁制。如祭龙前后的三个月内，祭天地神的九天内，都忌与妻子同房，否则是对神灵的不敬，将会对自己不利。妻子月经期间或坐月子时，也忌主持和组织一切宗教祭祀活动，否则是玷污神灵。毕摩的法器和经书，不准任何人触摸，平时不用的时候要供于神龛上。而外出主持宗教活动时，须穿法衣法帽，携带法具，以表示请神灵随从。有关毕摩的禁忌内容是多方面的，遵守禁忌就是保持神性，维护自身独特的社会地位。

禁忌作为一种民俗内容，已渗透到人们生产生活的各个领域，当中也不乏一些合理的成分。比如彝族村寨附近的龙树神林，长期以来，人们就是凭借这种神性意识来保护着一片片山林。如云南石林县宝山村彝族居住的周围，除密枝林、山神庙附近还是古木参天、藤缠枝密外，其他都是光秃秃的山丘或绵绵不绝的小石林。而有的禁忌，已构成了彝族习惯的有机组成部分，在一定程度上维护着本地区的社会安定，体现着人们应遵循的道德行为准则。

云南石林县彝族牛王马祖神庙。　　普学旺摄

祈愿丰收的生产祭祀

在远古社会

由于科学技术不发达

生产力水平低下

人们谋生的手段

战胜自然的能力十分有限

求食谋生与生产力状况之间的矛盾

构成了人类社会早期的主要矛盾

云南石林县彝族祭祀牛王马祖后野餐，意为请神灵共食祈求神灵庇护六畜。　　普学旺摄

　　在远古社会，由于科学技术不发达、生产力水平低下，人们谋生的手段、战胜自然的能力十分有限，求食谋生与生产力状况之间的矛盾构成了人类社会早期的主要矛盾。为了解决这种矛盾，寻求生产的丰收，人们便将决定猎事收获的多少、六畜的兴衰、庄稼的丰歉、生产活动中人的安危等一切因素都归之于冥冥之中的神灵，于是产生了生产过程中的种种祭祀习俗。

狩猎祭：祈祷猎事顺利

　　狩猎是人类早期重要的谋生手段。至今，居住在山区、半山区的彝族仍以狩猎作为经济生活的重要补充。狩猎作为人类的一种生产活动方式，本来受猎手的技术、器械装备、通力合作程度、猎场的选择以及气候、季节等诸因素的制约，但彝族却把猎事成败与否归之于山神和猎神。

　　昆明东郊彝族支系撒梅人对山神的祭祀特别隆重，狩猎前必祷告，狩猎结束后必祭献。狩猎前，全体猎手在领头人带领下，请一名萨嫫（女巫师）带上香烛、纸马到山神庙里祭山神。萨嫫点燃三炷香，供上祭品，祝祷山神后，随即敲响羊皮鼓，甩开师刀，念诵《狩猎祭牲经》。

　　彝族的观念中，山神司管山中的野兽飞禽，只要祭过山神，山神就能将山中的猎物放出，保佑猎获野兽。萨嫫的祭山神词说道：

　　世间万物都有主，狩猎之前要献牲，今天我给神献酒，今天我来祭山神。山顶山腰的山神，山顶山腰的岩神，山脚山底的箐神，请来喝美味的米酒，请来享用肥嫩的祭牲。请山神放出林中的飞禽，请山神赶出洞中的走兽，让我们的弩弓一响，就有吃的穿的。

　　狩猎是动荡不定的一种经济活动，猎手在狩猎过程中难免会碰到一些不测之灾，如山体滑坡、岩石掉落、迷失路径以及中风、瘴气等，出于对狩猎者自身的安全考虑，彝族在狩猎之前，还要举行除邪解污仪式。昆明地区彝族的做法是：萨嫫点燃一堆松枝，猎手们先把两手在松烟上熏一遍，再绕火堆转三个圈，最后把弓弩、长矛、火药枪等猎具放在松烟上熏。萨嫫发给每个猎人一张入山避邪纸符，猎手们小心翼翼地将之装进内衣口袋后才开始进山围猎。[1]

在彝族的传统观念里，山神一方面能够保佑狩猎的收获和猎手在狩猎过程中的安全，另一方面也同样能护佑野兽不被猎手伤害。从这样的观念出发，昆明西山区核桃箐彝族猎手行猎时，都不能从山神庙前经过，要远而避之。他们认为，山神是野兽的保护神，如果猎手从山神庙前经过，山神预知人们要狩猎就会通报所有的野兽躲开，使人们不能猎获野兽，当猎手们猎获野兽后也不向山神供祭，这反映出了彝族试图战胜自然而又难以战胜的复杂矛盾的心理。

大部分地区的彝族认为，猎事活动由猎神主宰，所以祭拜猎神是整个狩猎活动中不可缺少的重要一环。云南鹤庆县彝族支系白依人过去上山打猎要请猎神陪同。通常在狩猎之前，要在供猎神的地方将树皮搓的绳子点燃，意谓请猎神和人们同去。选中猎场后要脱掉鞋子，告诉猎神人们将在这里打猎，同时杀一只大红公鸡敬献山神，以求山神放出猎物。昆明西山区彝族猎手每逢初一或十五上山打猎，都要先到山神庙里祭猎神"吾伴色"。献以一碗酒、一碗肉，焚香磕头，祈求猎神允许猎人打猎而不被降罪。云南小凉山彝族每逢猎获野兽，须先祭猎神"伏"。方法是取兽之腰、肝等烧熟后切成九小块，用树叶包起，分别撒在象征"伏"的山上，敬奉猎神。

既然猎神能够左右猎事的成败，彝族自然无不怀着虔诚的心情来膜拜它、祭奉它。有些地区彝族村寨设有公祭的猎神位，有的猎手则在家中设猎神堂，以定期祭献猎神。云南巍山县母沙科的彝族称猎神为"耶他"，以三棵树为代表。春节时，当地彝族在村中广场搭"差拦底"祭猎神。"差拦底"由六根长一丈二的木杆搭成（一面搭三根），搭毕，将小狗放在一张网内，祈猎神保佑小狗机警，保佑年内的各次猎事获得成功。云南鹤庆、洱源等县的彝族，家家户户设有猎神堂，每年农历正月初三，都要祭祀。

从一系列的狩猎祭祀习俗中可以看出：虽然各地彝族的祭祀猎神的时间、方式、规模有一些差异，但祭祀的目的是相同的。云南宣威县、贵州威宁县彝族的《祭猎神词》道出了狩猎祭祀的共同目的：

[1] 《中国各民族原始宗教资料集成》，第36页，中国社会科学出版社，1996年8月版。

云南弥勒县彝族毕摩诵祭龙经，以求风调雨顺，生产丰收。

街顺宝摄

祭献众神灵，保佑打猎人，处处都吉祥！祭献众神灵，请搜集走兽，请搜集飞禽；洞中的出洞，林中的出林，弩箭出弓，百发百中。打猎祭词，句句显灵！①

① 左玉堂主编：《云南彝族歌谣集成》，第113～114页，云南民族出版社，1986年版。

畜牧祭：祈求六畜兴旺

畜牧业在彝族的经济生活中占有特殊的地位，尤其对于长期生活在山区、半山区的彝族，畜牧业是重要的生产活动方式。彝族原始宗教观念对畜牧业有一定影响，并产生了一定的祭祀习俗。

彝族认为，山神是全村牲畜的保护神，定期都要举行祭山神活动。祭献以后，年内整个村寨的牲畜就能获得平安，不会染上瘟疫。

各地彝族祭祀牛王马祖的时间不尽一致。云南石林县彝族一般在农历正月初二、初三前往祭祀，以求六畜兴旺。

普学旺摄

云南泸西县阿盈里的彝族，每年农历正月初三，凡养牛羊的人家都要祭山神，以求放牧平安。届时，凡家中有牛羊的人家都要派人携米、酒、蒜、辣椒、姜、盐等祭献，祭毕，放牧人集体聚餐。

彝族崇拜各种自然神灵，对专司牲畜的牧神也同样要定期祭祀。云南永仁县彝族支系俚颇称祭牧神为"吉路涅底"。每年农历正月初二，每家每户都要派人前往祭祀。各村寨的不同家族都有一个固定的祭场，以一棵高大挺拔的黄栗树象征牧神。神树下放置一块平石，上斜靠一株呈三杈状的松枝，每根松枝的尖端贴上红纸条，代表祭坛。是日早饭后，凡是养有牛羊的家庭都必须派一名男人（一般是家长）携带一瓶糯米酒、三块糯米糍粑前往祭祀。祭祀活动由年长者主持。祭献过牧神之后，主祭人代表参祭人请愿牧神，说明来意。主祭人掷木卦，卜到顺卦以后，人们纷纷烧钱纸、叩头以谢牧神庇护牛羊兴旺之恩。各地彝族祭牧神的目的，正如祭牧神词中所云：

放牧神呀你请听：房前屋后你保护，放牧路上你保护，豺狗抬羊你护羊，羊过岩脚下，莫给岩石来打着。今天是正月初二，是祭羊神的日子，祭了放牧神，羊群会兴旺。[①]

牛马是彝族役使的主要牲畜，特殊的生存环境使彝族对牛马情有独钟。在祈望牛马肥壮的心理驱使下，产生了祭祀牛王马祖的习俗。

昆明近郊的彝族支系撒梅人村寨多供牛王。他们认为，牛王是家畜保护神，能保佑家畜不染瘟疫。过去，撒梅人聚居的村寨都建有牛王庙，供奉牛王神像。神像为牛首人身，两眼似铜铃，就像是一头公牛。每当农历七月二十五日祭牛王神这天，撒梅人要杀牲、备酒、做年糕、打糍粑，敬奉牛王，同时燃放鞭炮，给它披红挂彩。牛王的塑像前摆放用面粉制成的小牛、小马、小猪、小鸡、小羊等动物偶像，还要张贴许多木刻版的牛王神像。届时，每家请回一神，供在畜厩门口，据说就能保六畜兴旺。撒梅人对马神的祭祀也十分隆重。祭马神的时间是每年农历六月二十三，祭品用全羊，祭祀仪式与祭牛王相同。祭马神这一天，一大早就要把马匹放出栏，送到

① 左玉堂主编：《云南彝族歌谣集成》，第114～115页，云南民族出版社，1986年9月版。

绿草如茵的牧场，并精心护理，使其保持强健的体魄和旺盛的精力。

彝族还认为，牛马牲畜长年在外劳碌，难免受惊吓失魂，失魂的牲畜就会患病，精力不佳，这样势必会影响生产。所以，在祭牛王马祖的时候要诵经将它们的魂招回。《招魂经》说：

回来啊，魂回来！牛魂快回来！马魂快回来！猪魂、羊魂快回来！鸡魂、鸭魂快回来！统统都回来。回到厩里来。回来住瓦房，回来坐神位，回家来享祭。牛魂快回来，从你刚刚犁过的地里回来！马魂快回来，从你刚刚吃过草的山顶上回来！山上虎狼多，虎狼会吃牛；岩洞鬼怪多，鬼怪会拖马。猪魂快回来，从你睡过觉的地方回来！一窝窝地回来！羊魂快回来，从你喝过水的河边回来，一群群地回来！山上老熊会咬猪；山上豹子狼，豹子会吃羊。

牛魂回家来，青草来喂你！马魂回家来，包谷来喂你！猪魂回家来，麦子麸皮来喂你！羊魂回家来，盐巴来喂你！鸡魂、鸭魂回家来，谷子、草子随你啄！统统都回来，归来，魂归来！[①]

彝族祭牛王马祖的习俗，在云南红河、楚雄等地彝区也广为流传。

① 《中国各民族原始宗教资料集成》，第339～340页，中国社会科学出版社，1996年8月版。

农事祭：祈愿五谷丰登

农业生产与自然崇拜关系十分密切。早在原始农业产生之初，由于受极其低下的生产力水平的制约，原始先民将直接影响农作物生长的土地、阳光、雨水、风霜等自然条件人格化，产生了原始农业祭祀。

土地是一切农作物生长的第一要素。彝族认为，农作物之所以能在土地中出芽、生长、开花、结果，是地神或田公地母作用的结果，因而产生了祭土地神习俗。至今，祭祀土地神活动仍在彝区普遍流传，这在前面的"土主信仰"中多有介绍。

值得一提的是，在彝族的整个农业生产过程中，几乎每一个环节都有相应的祭祀活动。

昆明西山区核桃箐彝族，在播种之前的农历二月二十九日要举行土主会。土主以两棵神树作为象征，全村要宰猪献祭土主，目的是告知土主，全村马上就要播种了，祈求土主保佑全村人畜不要生病，保佑庄稼长势良好。祭过土主后，还须在农历三月二十九日举行地母娘娘会，祭拜地母。祭毕，各家才能播撒稻种。

到了各家开始撒秧时，也同样要举行撒秧祭祀活动，彝语称"黎斯骂抹呆"。届时，每家都要携带在家中烧制好的糯米粑粑、饭、肉、酒、两炷香，到秧田放水口处插一枝青松枝代表祭坛，将一部分祭品扔进放水口，同时在青松枝上贴上三小块粑粑。叩头拜祭，口中喃喃祷告，祈求天神、祖先保佑秧苗长势良好，稻谷免遭各种灾害。祭祀完毕，立刻撒秧。有些村寨的彝族在这一天还要到山上采回一种叫碎米花的小白花，与糯米同煮，以祈望稻谷颗粒硕大饱满。

云南小凉山彝族在
火把节期间，要将鸡拿到
荞麦地里叫荞魂，以祝丰
收。

邱文发摄

四川凉山彝族妇女
做荞饼。

栽秧祭祀，彝语叫"米刀尼普"。仪式也在秧田放水口举行。由男家长主祭，先在放水口处插一枝青枝和一束白花，杀一只公鸡、一只母鸡祭献，祈求天神、祖宗保佑稻谷丰收。当稻谷抽穗时，要举行祭青苗仪式。届时，各家须去稻田里割三棵青苗，送到田边祭台作祭，杀鸡献之，叩头祈祷青苗太子保佑谷子成熟，免受灾害。稻谷收割完毕后，在农历十月属马日或属鼠日，全村要祭五谷魂。每家每户要做两面黄、红三角彩旗，让小孩拿着小旗到田间地角招谷魂，最后将小旗插在自家谷堆上，表示已将谷魂迎回。同时男主人又以鸡蛋、饭、酒、肉等祭献谷堆，点香祈拜谷魂住在谷堆里，帮助家人看守谷子。[①]

贵州彝族从播种到收割也有一系列的祭祀活动。播种时，要扎一草把作为土地神的象征，用草绳从根部向上捆绑三分之一，使上部的草蓬松，以表示出苗齐壮，祭时要献以一只鸡。稻谷出穗时，也以一草把作为土地神的象征，用草绳向上捆三分之二，祈求土地神保佑稻穗茎粗叶茂，并祭献一只鸡。在收割稻谷时仍以一草把作为土地神的象征，用草绳全部捆扎，以示神灵保佑谷穗颗粒不失，祭品同样是一只鸡。类似的祭祀习俗，在各地彝区都比较普遍。

荞是山地民族的传统农作物，种植历史悠久。有关播种荞、收割荞等一系列农事活动，彝族也同样受自然崇拜观念的支配，并产生了相应的祭祀习俗。

云南小凉山彝族，播种前要择吉日，并在荞种里掺拌爆荞花，象征荞麦开花结果，获得丰收。播种荞麦这一天，要在地里吃过年杀猪时特意留下来的一块臀肉，这块肉是过年时用来敬祭祖先的。在地里吃这块肉，表示从播种开始就有祖神庇佑，以后荞麦长势一定会旺盛。尝新荞时，要先用新荞面饼和酒肉祭祖先，以示祖先为家人带来了丰收。割新荞时，要向荞地里撒荞面，并要祭祀地神。云南富民县彝族为了祈求荞麦的丰收，于每年农历六月初六要祭荞地，彝语称"果迷峨索波底"。

①董绍禹、雷宏安：《西山区核桃箐彝族习俗和宗教调查》，载《昆明民俗和宗教调查》，第57～58页，云南民族出版社，1985年7月版。

有些地区的彝族还认为，荞有荞魂，所以在播种和收割时都要祭荞魂。云南曲靖、永仁等县彝族在播种时，要把荞魂从荞仓里请出送至地里。祭以酒肉，祈求荞魂安心留下，保佑荞麦快结果实。收割荞麦季节时也要祭荞魂，使荞魂不要再留恋山地，要随同荞麦回到荞仓里，待来年又送回到山地里去。祭荞魂时要诵《荞魂歌》：

凡是我家的荞子，现在都来听着：年岁月岁转，北斗七星转，太阳月亮转，今天年腰上，六月二十四日又到，来到荞麦地，召你荞子魂，召你回家去，召你上楼去，回家上楼坐神后。

荞魂如依召，年年杀猪宰羊来祭你，煮酒熬糖来祭你。今年这样来祭你。明年也这样来祭你，后代就像树木不会绝，儿孙寿命好比石头长，永远有人来祭你！[①]

害虫是农作物的天敌。在彝族的传统观念里，害虫由虫王管辖。如果触犯或不按时祭供虫王，虫王会发怒放出害虫把庄稼吃光。为了保护庄稼免遭虫害，祈求庄稼丰收，每年都要举行祭虫王仪式。云南各地彝族祭虫王的时间不尽一致。昆明近郊彝族的祭祀虫王活动隆重，分大祭和小祭。大祭每十二年一次（逢亥年），小祭每年七月初七举行。虫王，彝族称"嫔伽"，形象怪诞，鸟首人身，嘴尖而有喙。彝民认为此神主管蝗蝻、蟥虫之属，是害虫的克星。每年农历七月初七，邻近彝民便汇集在虫王庙前，宰鸡祭献虫王，向虫王许愿，吁请虫王保佑庄稼，保护松林，放出杜鹃鸟，啄光松毛虫；放出大鹜鸟，吃光蟥虫。诵毕，各村寨的彝族要用玄色布包将田中的各色各样的害虫装满一包，送到虫王庙前焚烧，表示将害虫驱除。到农历十一月十一日，又要用红色布包装上五谷杂粮到庙前供奉，以感谢虫王消灭虫灾，使庄稼获得了丰收。彝族祭祀虫王产生于人们对害虫的惧怕和对庄稼的祈丰心理，是从动物崇拜转化为向拟人形崇拜的中间过渡，一开始是对杜鹃鸟、大鹜鸟等鸟类的崇拜，而后发展到崇拜物性与神性相结合的人首鸟身的虫王"嫔伽"，把虫王幻想为具有鸟的自然属性和人的社会属性的神灵。

①左玉堂主编：《云南彝族歌谣集成》，第140页、云南民族出版社，1986年9月版。

云南弥勒县彝族以
一棵万年青树代表龙神，
每年农历正月初五举行祭
龙活动。祭品为猪头、猪
尾、猪肘等。

街顺宝摄

水是农作物生长不可缺少的基本条件。在彝族的传统观念里，龙神、龙王或龙公是司雨水的，如果久旱不雨，就必须祭龙神使之开恩降雨，这在前面"祭龙王"一节已有介绍，这里就不再赘述。

四川凉山彝族妇女。 曾孝东摄

灵光普照的日常生活

人们的生活

被深深地烙上了

宗教的印记

有的则变成了

宗教的外化表现形式

云南禄劝县彝族妇女常戴的鸡冠帽。　　张纯德摄

　　服饰、饮食、居住、出行是人类赖以生存的基本生活保障，随着社会的发展，人们期望创造更为丰富的物质条件和生活空间，并相信自己崇拜的神灵能护佑自己达到这一目的。于是，人们的生活便深深地烙上了宗教的印记，有的则变成了宗教的外化表现形式。

服饰印载的灵性

　　在人类社会的早期阶段，因社会生产力极端低下，人们征服和驾驭自然的能力极为有限，谋生的欲望与战胜自然的能力之间的矛盾使人们由期望转变成了祈求心理，这种心理作用于服饰上，便产生了特殊的服饰穿着习俗。

　　常年居住在高寒山区的彝族，对火的崇拜超过其他民族，"生离不开火，死也离不开火"。彝族的火崇拜习俗在服饰上的突出表现，就是在服饰的醒目位置装饰火焰纹样。居住在云南石屏、开远、金

云南禄劝县彝族妇女的围腰上绣有蝴蝶、喜鹊、石榴花等吉祥图案，表示多子多福。

张纯德摄

滇南彝族妇女头戴象征吉祥的银泡鸡冠帽。　云南民族博物馆提供

四川凉山彝族儿童的帽饰。　　　曾承东摄

平等县的彝族妇女，常以火焰纹装饰上衣的后摆、衣袖和头帕。妇女们通常采用镶补办法，先剪好绿、蓝等各色条布，然后用红线锁边，固定在布上。整个图案轮廓分明、色彩亮丽，就像一团团滚动的火焰。

有的彝族视虎为图腾祖先，服饰中有关虎的图案随处可见。云南楚雄、红河彝族儿童常戴虎头帽，穿虎头鞋；武定县彝族小孩的背袋上也绣有"四方八虎图"；双柏县彝族在虎节中，男子均装扮为虎的模样，身穿虎衣，并跳虎舞，以显示自己是虎的后裔，永远不忘祖先。

在花卉图案的选择中，彝族服饰同样表现出神性意识。云南楚雄、双柏、大姚、峨山等市县的彝族妇女，喜欢在服饰上满身绣花，其中最耀眼的是马缨花，这是马缨花图腾观念作用于彝族心理的直接结果。云南石屏县彝族妇女在唱《绣花调》时说："百里杜鹃花，马缨花为王，马缨花为贵，马缨花为美，马缨救先祖，缨木做祖灵，缨花人人爱，亲手绣缨花，身佩马缨花，马缨护佑人。"足见彝族妇女把马缨花图案绣在服饰上是希望能获得祖灵马缨花的庇佑。

彝族还把鸡看成世间最能显灵的动物，相信鸡可以帮助人们驱除邪秽，带来吉祥，所以，彝族的各种祭祀活动都离不了鸡。由于彝族相信鸡具有的超自然的神秘力量，于是也产生了鸡崇拜，进而出现了有关鸡图案的装饰习俗。云南楚雄、永仁、武定、昆明及红河州的元阳、金平、红河等地彝族妇女、儿童随时佩戴鸡冠帽、凤凰帽的习俗，就是出于求吉的心理。

同样，红河南岸彝族支系阿乌姑娘也喜戴银光闪闪的鸡冠帽。传说远古的时候，阿乌人的祖先曾遭到蜈蚣王的袭击，是公鸡把蜈蚣王啄吃了，阿乌人祖先才得以安居。由此说明，彝族佩戴鸡冠帽是为了感谢公鸡的恩德，于是，公鸡也就成了彝族吉祥的象征。

值得一提的是，丧葬礼仪中的丧服、寿衣、祭服也是一类特殊的民俗服饰，它所印载的灵魂观念不言而喻。彝族认为，人死后，犹存的灵魂到另一世界同样要享受生前的一切荣华福乐，同样要穿衣吃饭。所以，彝族老人断气后，要立即把尸体搬到正房凉床上，净身后要换上崭新的寿衣、寿裤，衣裤上的塑料纽扣等不容易腐烂的物质要取掉；尸体入棺后还要垫上几件棉被和死者生前穿用的衣裤，以防死者到阴间受冻；死者口中要放少许大米和碎银，以防缺食少钱。彝族的祭服，是生者与死者的亲缘关系的直接反映，也是生者对死者表达孝悌之情的象征。丧葬活动期间穿戴的祭服，男女有别，亲子和近亲有异。

云南元谋县彝族妇女披风，四周绣满马缨花，以表示吉祥。

云南民族博物馆提供

云南武定县彝族小孩裹被面上的"四方八虎"和马缨花挑绣图案，是彝族虎、马缨花崇拜的遗留。

头戴鸡冠帽的云南
永仁县彝族少女。

云南永胜县彝族支
系他鲁人丧服。
　　　　木基元摄

孝子戴重孝（即穿戴麻布衣帽），以示与死者有血缘联系，并有权继承家中的财产。女子披轻孝（即白布衣帽），但孝女所披的孝要比近亲长得多，从头披到膝，近亲的孝仅长及肩。所以，从彝族的孝服上可以一目了然地辨别出哪些人属同一亲族。

毕摩被彝族视为人与神鬼交流的媒介，具有无比的法力，彝族各种重大的宗教祭祀活动都少不了他们。毕摩之所以与常人不同，能与神、鬼打交道，就在于毕摩特殊的服饰和法器，它不仅能驱逐妖魔，还能传递神意，所以，毕摩的服饰自然有别于普通人服饰。毕摩斗笠就是一个鲜明的特征，毕摩的法衣称为毡衫，用黑羊毛或黑布擀制而成。楚雄彝族的毕摩，为了表现自己是虎的后裔，毡衫的背部还绣有醒目的彝文"虎"字。广西彝族的腊摩，头缠白布头巾，戴彩笠帽，上身着钴蓝色的长袍，外加白色绣边短衫，左右两肩分别披搭彩巾和方格巾，腰扎围腰锦带，下身着黑布高脚裤，打绑腿，足蹬船形布鞋。

彝族毕摩的服饰为毕摩专用，以显示毕摩特殊的社会地位。不用的时候供祭在祖先神龛上，任何人不得触弄。还认为毕摩在主持祭祀活动时，只有穿戴它，法力才能显验。

云南禄劝县彝族毕摩服。　　张纯德摄

2

与神共食

在人类的基本物质生活要素中，饮食是头等大事，饮食习俗的形成与人类社会历史一样久远。影响人类饮食习俗的因素很多，宗教信仰是其中的因素之一。

彝族在生产生活中有一系列的祭祀活动，并产生了独特的饮食方式。彝族大多居住于山区、半山区，狩猎是人们获取食物的一种常用手段，狩猎过程中要祭祀各种神灵，因而在狩猎的前后形成了一系列有关的食俗。四川凉山州、贵州威宁县以及云南小凉山彝族一旦猎到野兽，要先将野兽的心、肝、胃等内脏烧熟，献祭山神，祈望下次狩猎能有好的收获，然后猎手们才烧食野兽肉。

彝族在从事农业生产过程中有很多农业祭祀活动。四川凉山地区彝族为祈求荞麦丰收，播种时要祭山神。丰收后每村每寨都要举行"尝新节"活动。过尝新节时要用新荞面粉蒸制各种形状的虫鸟荞麦饼，将这些荞饼连同鸡肉祭过祖灵后，才能把它吃掉，意为吃掉将危害荞麦的虫鸟。昆明地区彝族在播种季节开秧门时，家家户户都要吃鸭蛋和鱼，并在田间插石榴花，预示稻谷如石榴花般的丰收。云南姚安县彝族撒秧苗时，要用一碗猪头肉、一个鸡蛋祭献秧田。栽秧时，需用过年杀猪时留下的猪尾巴祭秧田，猪尾巴象征饱满的谷粒、硕大的谷穗。

彝族的祭龙习俗与农业生产息息相关，祭龙的最终目的是祈雨求丰收，在祭祀活动中也有一些特殊的饮食习俗。云南石屏县彝族于农历二月的第一个属龙日举行全村性的祭龙活动。祭祀过程中，当主祭人向四周撒米时，参加者争相用帽子接米，接到米，预示当年的庄稼会丰收。祭龙时平分到的猪肉，每家都要保存下来，待撒秧时要用此肉祭秧田，认为庄稼会长得旺盛。云南绿春县彝族支系尼苏人农历二月初三祭龙树的食俗特点浓郁。届时，各家要做一个大糯米饼，并用集体宰杀的猪的血洒在饼上，以示血祭。同时，在用来驱邪的木刀、木剪、木铃上涂一些血。祭后，由参加祭祀的男人，头顶着祭祀用的大糯米饼，手持驱鬼木器回家。糯米饼由全家分吃，木刀、木剪、木铃悬挂于房门上避邪。

　　彝族的各种祭祀活动，大多伴随有野餐习俗，野餐的目的，同样出于期盼心理，通过请神灵与自己共食，以期获得神灵庇佑。云南巍山县彝族在农历二月初八要举行全村性的祭密枝神活动。届时，须宰猪祭祀密枝神。祭毕，参加祭祀的全体老幼要在密枝林里烧吃猪肉，喝猪血稀饭。食毕，再祭献祖先阿儒比神。当献上祭品后，让村中男女儿童争相抓食祭品。据说，得食者会得到阿儒比神的庇佑和赐福。云南石林县彝族支系撒尼人于每年农历鼠月鼠日举行的祭密枝活动中，必须杀白绵羊祭密枝神，祭祀完毕，家家户户在密枝林中分食羊肉稀饭，以求密枝神保护全村的六畜。

　　彝族的祖先崇拜观念也对饮食习俗产生了一定的影响。彝族崇

四川凉山彝族祭祀
完毕后准备分食的羊肉。
曾承东摄

彝族不论过大年三
十、正月十五等年节，
都必须先祭献祖先以
后，家人才能进餐，以
示年节不忘祖。

曾承东摄

拜近祖，每家每户都设有祖灵祭台。彝族不论过大年三十、正月十
五、二月初八，还是六月二十四、八月十五等年节，都必须先祭献
祖先以后，家人才能进餐，以示年节不忘祖。昆明地区彝族，当祖
灵在家中供奉三年之后，要择吉日放置到山林中的祖公洞里，同时
要定期将祖先神像取出，放在太阳下晒，俗称"晒祖公"。到时，要
用一只羊祭祀，同时，还须做两道特殊的菜：一道是熟羊肉拌切碎
的生羊肝，另一道菜是熟羊肠肚拌生羊血。据说，这两道菜都是祖
先最喜爱的，特做这两道菜，是为了表示对祖先的尊敬和怀念。[1]农
历八月十五日又为滇南元阳县彝族的"日月节"，到时家家户户都要
吃形状像月亮的粑粑和像太阳的蒸糕。据说，这种食俗是为了纪念
远古时曾率众用粑粑和蒸糕把日月请出来的英雄祖先阿俔。[2]

　　云南小凉山彝族在过彝历新年的时候，祭祖活动是其中重要的
内容，一般为期三天。过年的第一天要杀猪，第二天吃猪脚，第三
天为敬神祭祖日。按传统食俗，第一天宰猪时要把猪的头、耳、舌
及心、肝等割下一部分，放在房主人座位上方用木料搭起的高台上。
到第三天，要把这些祭品取下剁碎，连同酒、果品一起祭献祖神以
后，家人才开始吃饭。彝族的祭祖食俗，一方面反映出对祖先的思
念与爱戴，另一方面是祈望通过献祭祖先，求得祖灵的欢心，进而
能够保佑家业。

　　[1] 左玉堂：《彝族
食俗与食俗文化》，载
《民族文学研究集刊》(4)，
1990年，第110页。
　　[2] 元阳县民委编：
《元阳民俗》，云南民族出
版社，1990年版，第76页。

神人同居

　　居住民俗包括住房的选址、定址、建筑、布局、房间的配置、火塘和灶台的设定，以及房屋外观的装饰等。彝族认为，居室不仅可以保暖御寒，而且决定着一个家庭的财源和人丁。

　　彝族极为重视住房的选址和定址。首先要请毕摩来观风水、看地形，占卜择定动工的日子。建房破土要杀鸡祭献土地神，以祈神灵保佑在施工过程中不发生意外伤亡事故。立四柱要择吉日吉时，通常要在天亮以前将柱架立好，并在每根柱脚下放点碎银，预祝房屋建盖好后财源不断。房屋盖好后也要选择一属龙日举行"合脊"仪式，在屋顶摆宴席请数名男子猜拳，以求人丁兴旺。

　　房屋的门向至关重要。在彝族的观念里，大门门向决定一个家庭的财源和兴衰。认为门向面对太阳升起的地方，有潺潺的小溪，一眼望去，视眼开阔，无大山大树阻隔为吉，尤其忌讳大门面向乌龟山、鬼魂山等，这是彝族观念中给人带来灾难的地方，这些地方到处游荡着野鬼，大门面临它，就等于将邪祟迎进家门。为了避免家中财源的外流，要不定期地封财门，方法是在大门口用灶灰撒上三道横线，主人家念过咒后，在门楣上贴一张红布，红布上绘八卦图。杀红公鸡献祭门神，用鸡毛蘸鸡血在红布上，烧香化纸后，关闭大门，以阻止外人踏入。封闭的时间一般为三至五天，如果此间有人无意闯入，则认为家中的财运会被他人带走，表示封财门失灵，要重新择日另封。

　　昆明地区彝族的祭财门仪式，又叫开财门，它不仅仅是祭财神，也是向财神祈求吃的福禄、穿的福禄，目的是祈愿家宅清吉、人畜

每年农历二月初八的马缨花节期间，云南大姚县彝族要把马缨花插在大门四周上，以避邪求吉。

云南文山州彝族将石狮、陶罐放在窗口，以避邪纳神。

云南民族博物馆提供

安康。祭祀仪式由毕摩主持，在向门神献祭过程中，毕摩还要诵《请门神经》：

左门神，右门神，穿盔甲的门神，请你来饮酒，请你来享祭！今天我家开财门，开的福禄门，开的财喜门，开的吉利门，开的兴旺门。全福大吉开进来！金银财宝开进来！猪鸡牛羊开进来，五谷粮食开进来，花花朵朵开进来，红红火火开进来。

左门神，右门神，你听好，看仔细，一切坏的都轰出去！妖魔鬼怪轰出去，七灾八难轰出去，伤风咳嗽轰出去，病灾病痛轰出去！

最后，毕摩用红布画一个八卦图，钉在门楣正中，四角上画四只鸡，红布的天头书"招财进宝"，地角写"四季平安"，大门两边各插青冈栗树枝。[1]

① 《中国各民族原始宗教资料集成》，第343页，中国社会科学出版社，1996年版。

彝族信奉鬼魂永存，并且认为鬼魂（特别是非正常死亡者的鬼魂）会加害于家人，如果房屋建盖在曾有人死过的地方，那么迁入新居前，必请巫师前来作法驱邪，有的甚至不惜代价另择新基，择吉日重建。

新居建盖好以后，彝族要请毕摩举行竣工仪式、入屋仪式、立祖灵仪式、贺礼仪式，其中广西彝族的立祖灵仪式较具特色。彝族认为，立了祖灵，主人才有扎根的感觉。当主人入屋以后，先削制一个双十字架的灵牌，在新建的神台下方设一祭台，供以酒肉。毕摩坐在祭台后方，面对神台，念诵经词，接过主人手中的祖灵牌，用卜签在上下左右挥扫一遍后，庄重地交给户主，户主遂登上高台，把祖灵牌固定在神台的中心位置，接着安上香炉，插上香火，随后毕摩又继续念唱敬祖词，大意是：今天为历代祖宗设立了祭台，敬请列祖列宗到位，接受屋主的祭祀。[①]

彝族把正堂屋视为居室的中心，并赋予神秘的力量。正堂屋不仅是一家人议事的重要场所，也被认为是祖先神的住所。彝族的正堂屋内，几乎家家都设有一个家堂，上供奉有家神和祖宗的灵牌，逢年过节，必须向家神、祖灵祈拜，以求祖神的庇佑。家堂前设有

四川凉山彝族家的正堂屋。图中的柱子为中柱，彝族赋予它特殊的内涵，它是人神沟通的桥梁。

曾承东摄

①王光荣：《通天人之际的彝巫"腊摩"》，第88页，云南人民出版社，1994年9月版。

火塘，代表着祖先对家人的护佑。居住在金沙江两岸的彝族，"视火塘上方为祖先的神灵所在，火塘左方的锅庄石代表青年男子，右方的锅庄石代表青年女子，两石分居两侧，与上方象征祖先神灵的锅庄石相对，寓有大家同是祖先的后裔，子孙后代繁衍不息之意"。①由此可见，彝族以正房为贵，家堂为尊，以火塘为祖先象征的居室布局，直接源于祖先崇拜观念。

彝族还赋予住房的中柱特殊的内涵，认为中柱是住房的主心骨，中柱有无限的神力，是人神沟通的桥梁，天人合一的中介，一个家庭的兴衰，全靠中

云南丘北县普者黑彝族认为家宅的中柱具有神性，每年正月十五要祭中柱。

杨兆麟摄

柱的支撑，甚至中柱就是杰出的祖先神的化身，从这一观念出发，产生了祭祀中柱的习俗。云南弥勒县彝族支系阿哲人，每年农历八月中旬，各家各户都要择吉日祭中柱。届时，要宰杀一只白公鸡，祭祀自家堂屋左侧的中柱，柱上插青冈栗树枝，粘上鸡毛鸡血，并请毕摩前来家中念《中柱经》。

彝族新房落成，要请毕摩前来举行安龙祭土仪式，以增阳气，压住邪气，昆明西山区谷律乡、团结乡彝族又称为"压力"。主人先要将一只山羊或者一只鸭子拴在落成的房柱上，毕摩进屋后，打醋

① 杨福泉：《火塘文化录》，第82页，云南人民出版社，1991年版。

汤四处蒸熏，念诵《领生经》后，把羊或鸭子杀掉，把羊头、鸭头、鸭脚钉在大门头上。羊与"阳"同音，鸭与"压"同音，杀羊以增加阳气，杀鸭意为阻止邪气侵入。羊肉鸭肉煮熟后，点上香烛，毕摩再念《回熟经》，主人依次向东南西北中五方跪拜，感谢五方土神保佑新房落成。①

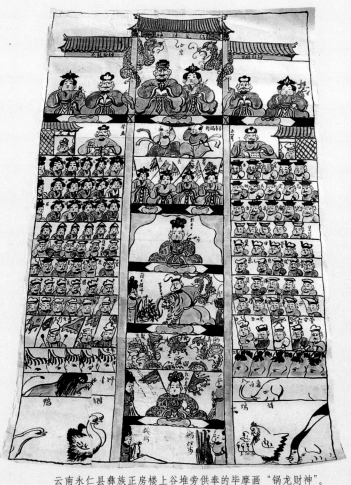

①《中国各民族原始宗教资料集成》，第353页，中国社会科学出版社，1996年版8月版。

云南永仁县彝族正房楼上谷堆旁供奉的毕摩画"锅龙财神"。

　　滇南石屏县彝族丧葬仪式。在出殡途中，由扛摇钱树、纸幡者在前面开路。到墓地后，将纸幡、摇钱树烧尽，作为亡灵前往阴间的路费和盘缠。　　　　杨兆麟摄

神圣的人生祭礼

人的一生都要经过

诞生、成年、婚恋、死亡

几个阶段

每个阶段

都标志一个人

生命历程的重大转折

云南永仁县彝族石雕墓碑。

人的一生，都要经过诞生、成年、婚恋、死亡几个阶段，每个阶段都标志一个人生命历程的重大转折。彝族对整个生命历程的每一个阶段都极为重视，都要举行相应的礼仪，以表示每一阶段的顺利过渡。这当中，彝族的信仰观念始终影响着每一阶段的礼仪行为，从而形成了一系列的祭祀习俗。

求子护育

生育礼仪，是人生的开端礼仪，它包括孕育期、诞生期以及诞生后一定时期内的一系列习俗。向神灵求子、祈神灵护育是整个生育礼仪的核心。

求 子

人受孕、生孩子本来是男女双方交合的产物，是人生理机能的表现，但由于受到神灵观念的影响，彝族认为人受孕是神赐予的，从而形成了生育习俗中的各种祈愿心理和祭祀活动。

云南宣威县彝族认为天神主宰天地间的人和事，人种是由天神恩赐的。为了子孙后代的繁昌，凡遇妇女不育，要请毕摩携不孕不育的妇女及家人带上祭品上山祭山神。祭祀时，让妇女坐在山神树下，烧香卜卦祭献神树后，毕摩念《促育经》：

高贵的山神，我们来祭奠，我们来敬献。用猪祭奠你，用酒敬献你，请你快出来，接受我们的礼……

高贵的山神，请你吃猪肉，请你喝荞酒，酒肉下肚去，望你要开恩。我们住山脚，山脚是你管。你看这妇女，结亲好几年，身子都急瘦，脸儿都急黄，黄得像黄叶。请你同情她，给她送个孩。

毕摩诵完经后，又用猪肉、荞酒敬献山神，并将妇女的衣服绑在神树上，识药的毕摩接着带妇女及其家人上山挖双胎参药。彝族认为，祭过山神，吃了双胎参，妇女就能够怀孕。

四川凉山彝族认为妇女的生育由生育魂"格菲"主宰，妇女能不能生育，取决于"格菲"。此魂附身，妇女就能生育，此魂失散，妇女将无生育能力，即使能生育，婴儿也会变成畸形儿甚至死亡。

所以，凉山彝族十分重视招生育魂（格菲魂）。凉山彝族认为造成格菲魂失散的原因是多方面的，除妇女阴阳失调、邪魔作祟以外，还有以下几种因素：迎娶新娘时，如果背新娘的男子的妻子已有身孕，此男子会把新娘的生育魂带给自己的妻子；当出嫁姑娘在梳头分辫时，在旁围观的孕妇会把新娘的生育魂带走；婚后妇女如有外遇，其情夫或表哥会把生育魂带走。

凉山彝族还认为，如果妇女梦见自己的首饰、针线、纺锤等被别人拿走或借走，就是生育魂丢失的前兆。

凉山彝族招生育魂的仪式一般选择在春季，三四月最佳，因为春季万物复苏，生育魂容易招附。有的则在十月以后举行，认为这段时间雨季已过，不会涨洪水，不会塌方，毕摩念经施法能顺利地将失散的生育魂招回。

招生育魂的方法是：毕摩要预先用木材制作一个象征性的金银床，供招回的格菲安寝。插上神枝，表示森林，用一根白线穿过象征森林的神枝，拉到金银床上，表示引回格菲。然后祭以雌雄绵羊、公母鸡，扎招魂草，献以苦荞、鸡蛋、黄酒等。毕摩在屋门口诵《赎格菲经》，施法招魂。

彝族相信图腾物类不仅与自己的祖先有特殊的血缘关系，而且也能护佑妇女的生育，图腾祖先就是生育保护神，所以，未能受孕的妇女向图腾祖先祈祷就能如愿。云南澄江县松子园的彝族过去把金竹作为图腾，凡有不妊娠的妇女，常前往竹山求子，向金竹爷爷拜祭，深夜就在附近的庙里投宿。[①]云南双柏县麦地冲一带自称"罗罗颇"的彝族，把虎视为自己的图腾祖先，深信虎有保佑妇女生育的特殊能力。该村前后都立有石虎，据说，不会生小孩的妇女祭拜石虎就能生子。

彝族的求子习俗是建立在神灵崇拜观念和图腾崇拜基础上的，祭祀的目的是为了求子。那么，当妇女受神灵的赐佑怀孕将要分娩时，又将进行怎样的祭祀活动？

昆明西山区团结乡的彝族于每年的农历二月十九日举行"姑娘

①雷金流：《云南澄江倮倮的祖先崇拜》，载《边政公论》，1944年，第3卷第9期。

会"。届时，妇女们要携带香烛、祭品到土主庙中，祭拜送生娘、催生娘和乳母娘娘，以祈求生子顺利。云南宣威县妇女生育时，遇到难产，要延请毕摩前来祭灶神，念《敬灶神经》。念完后，毕摩取来一块小石子放在火里烧红，然后摘一把柏枝叶，放在水瓢里，将烧红的小石子放入瓢中，趁升腾的蒸气，在产妇头上绕三转，毕摩再从灶心取出一块土，兑水让妇女喝下。彝族认为，通过毕摩的施法，产妇就能迅速催产。[①]云南小凉山彝族为祈求婴儿的平安坠地，在妇女产前，要请毕摩前来念经、诵咒、驱鬼。

护 育

以名消患是很多民族共有的习俗。彝族认为，孩子出世后，要立即为小孩取名，否则，四处游荡的孤魂野鬼会同人争夺命名权，一旦被野鬼争到，小孩就会时常生病，昼夜哭啼，得不到安宁。广西彝族在婴儿出生后第三天要举行迎生仪式。届时，宰鸡杀鸭，请毕摩前来对着祖灵念经唱词，大意是：承蒙祖先保佑，某某夫妻幸得贵子，今以酒肉、香火奉敬祖灵，敬请本族祖先前来分享后世之乐。接着，毕摩将预先供于祭祖神台上的一碗米（婴儿粮）取来交给产妇，吩咐她于当天煮食，同时确定婴儿乳名并禀告祖先。云南大姚县彝族为小孩取名，须取回一枝马缨树枝，先祭马缨树枝，再由老祖或舅父给孩子念《取名经》。

当小孩生下后，如经常生病，也要立即给小孩取名，从而达到以名消灾的目的。彝族为多病小孩取名的方法很多，常用的有拜干亲取名、搭桥撞名、五行取名、梦兆取名等，其目的只有一个，为孩子增添福气，免除无妄之灾。昆明西山区团结乡彝族为小孩取名时，先备一只公鸡，由父母领着小孩前往子孙满堂的老人家中或多子女的中年人家里请求赐名。对方接受后，先给公鸡打醋汤驱邪，念《领生经》，接之宰鸡取血，将鸡煮熟后连同酒饭一块端到村中水井边或神树下献祭，孩子给干爹、干妈磕头后祈求赐个吉利的名字。云南永仁县彝族的搭桥撞名，首先要选定吉日，家人携小孩，准备

①杨知勇等：《云南少数民族生葬志》，20～21页，云南民族出版社，1988年版第。

好酒饭，抬几块木板在十字路口搭好桥，撒上松毛，杀鸡滴血于上。当一切准备就绪，所有参加的人都隐藏起来，如有成年男子从桥上走过，家人立即将他拉住，让小孩急忙跪拜，请他为孩子赐名，过桥人便成了孩子的干爹。之后，每年的大年初三，父母携小孩带些酒肉到干爹家敬拜，以谢干爹为小孩带来了平安。

此外，昆明西山区团结乡的彝族，有请毕摩根据孩子的生辰八字和金、木、水、火、土五行为孩子取名的习俗。如测定小孩缺土，就要取来长草皮的干净土，插上三炷香，让小孩向土磕头，杀鸡献饭，同时为小孩取个带有"土"的名字，诸如"地发"、"土生"、"土旺"等。缺"木"者需前往高大茂密的大树下祭拜，取名为"松木"、"松寿"、"槐生"等。缺"火"的要在火塘边、灶门前点香取名，诸如"火亮"、"火旺"等。彝族的这种取名习俗，是为了补足孩子庚辰的不足，认为这样做后，小孩五行俱全，就可清吉平安，充分体现了彝族"名等于魂，魂等于命"的灵魂观念和生育观。

彝族为婴儿举行的满月礼也同样出于期冀心理。祈望通过相应的仪式为婴孩驱除邪秽、求神灵保佑婴孩健康成长。"穿黄衣"是广西隆林和云南富林彝族婴孩满月的标志，须请毕摩前来为婴孩穿衣，并要诵祈福词，唱词云：

小小一件衣，染上黄羌汁，婴孩的父母，缝成小宝衣，腊摩我先试，腊摩我先披，晦气我来除，邪意我来驱；腊摩活百年，小婴长百岁，腊摩知天理，小婴通百样，神祇来担保，雄黄显神威。[1]

①王光荣：《通天人之际的彝亚"腊摩"》，第97页，云南人民出版社，1994年9月版。

穿裙裤礼

身披"擦尔瓦"的四川凉山彝族男子。　　曾承东摄

　　成年，表示一个人取得了婚恋和参加各种社交活动的权利，彝族自然十分重视，并有相应的礼俗。彝族为女子举行的穿裙子礼和为男子举行的穿裤子礼就是独具特色的成年礼仪。其目的，一是通过举行礼仪将一个男子或一个女子接纳为社会的正式成员；二是祈求神灵赐福保佑。成年礼仪同样受到了宗教观念的影响，直到今天，在大小凉山彝区仍有不同程度保留。

　　凉山彝族为女子举行的成年仪式，俗称穿裙子礼。四川雷波县彝族的穿裙子礼一般在女子至十三、十五岁或十七岁时举行。届时，必须请毕摩前来念经、请神、赶鬼、打鸡、泡酒，并宴请乡邻亲友，然后由其乡邻亲友为她穿上成年服装。成年前的装束为单辫及二截布裙，举行成年仪式后，须将头发分梳成双辫，并换上三截布裙，戴上正式的耳环。冕宁县彝族女子的成年仪式又有不同：让女子坐在果树前，打死一头猪，将死猪在女子头上转数圈，表示驱除污秽和不祥，随后用剪刀把旧耳环的线剪去，换上新耳环，再梳成双辫，换上新裙。

云南小凉山彝族的穿裙子礼，彝语称"沙拉勒"，一般在姑娘长到十七岁时举行。换裙穿裙时，必须请毕摩推算吉日，由一位年长且多子女的妇女用一件红、黑、黄三色相间的羊毛百褶裙为少女祝福，用它来绕过少女的头部和下身，经过这样的祝福仪式，才能正式穿上裙子。穿裙子仪式必须要在羊圈的羊粪堆旁举行，彝族认为，羊粪的肥力预示增殖，它包含有祝福姑娘未来多生育子女的象征意义。

彝族认为，举行成年仪式后，女子就可以享有婚恋自由，已订婚者可举行婚礼，未订婚者，即使与男子往来，父母也不轻易加以禁止，也不会被社会舆论谴责。

彝族男子的成年礼仪，俗称穿裤子礼。一般在男孩长到九岁以后，母亲要在火塘边为男孩举行穿裤礼。首先在火塘里烧一块石头，烧热后立即取出放入盛有凉水的瓢里，趁烧热的石头蒸发出的热气，将男孩的裤子在热气上转一下，以示除去附着在裤子上的邪秽。然后给男孩穿上，祈愿男孩健康长寿，将来大有作为。

彝族经过上述的成年礼仪后，就获得了一种特殊的社会身份。装束的改变意味着告别童年，从此要开始建家立业，肩负起家庭的重担。

四川凉山美姑县彝族妇女服饰。

婚嫁祭俗

彝族男女青年通过成年仪式后，标志一个人已经发育成熟，具有了婚恋的权利，结婚礼仪就是向社会昭示男女青年所建立的正式的配偶关系。为了求得婚后家庭的平安、妇女生育的顺利，彝族在婚嫁前后都有相应的宗教活动。

云南永仁县彝族支系俚颇男女青年订婚时，特别注重双方的生辰八字。先由男方父母托媒人求来女方的生辰八字，请阴阳先生占卜合婚。如果男女青年的生辰相互冲犯、两命相克，必须在婚前择吉日举行消灾活动。还认为，如果婚期遇雷鸣或下雨，是不吉之兆，预示以后新组成的家庭是不顺利的。

彝族认为，男女双方联姻，组成一个新家庭，首先要得到祖先的许可，否则，将得不到祖先的保佑。云南大理州彝族在说亲、定亲、接亲时都要敬祖。定亲时，要将男方带来的大公鸡宰杀煮熟后拿到祖灵前祭献。举行婚礼的头天晚上，男女双方都要在各自的祖宗神堂前举行拜祖仪式。男方聘请的媒人，初到女方家提亲，要带着香火和茶酒，进门后首先敬拜女方神堂上的祖灵。迎亲时，男方要带上祭祖饭箩，供在女方家祖堂上。[1]

云南沧源县彝族婚俗：在门头上插树枝以避邪。

云南民族博物馆提供

① 王丽珠：《彝族祖先崇拜研究》，第97页，云南人民出版社，1995年2月版。

云南红河等地彝族支系尼苏颇，男方初次到女方家求婚时，进了女方的家门，不能马上坐下抽烟，也不能立即举杯喝酒，要先到神龛前鞠躬拜祖，并将传统的订婚礼品银镯、蓑衣敬于神龛上，称作"联婚先拜祖"。贵州织金县官寨乡的彝族订婚时，男方与媒人携带酒、猪腿、糖果、糕点、香烛到女方家，也要待女方将至亲请来，在堂屋神龛前摆下四方桌，按传统规矩将带来的祭品祭献于女方家祖先后再议事。娶嫁时，男女双方也要行拜祖宗大礼后，才能入洞房。

为新娘消灾免难仪式是川滇彝族婚嫁中独特的一种习俗。彝族认为，在接新娘的途中，新娘会附上鬼，所以接到夫家以后，要请毕摩为新娘除邪。方法是，由毕摩取树枝和茅草扎成一尺余长人形，彝语称"锅日"或"恶日"，以此代表新娘，将此人形插于地上，打醋汤蒸熏后，毕摩念经诵咒，同时取数粒豆子放在主人家打死的猪上。当新娘进屋后，毕摩令其家中男子以一根红线拴在头上，女人则以蓝线拴头，小孩用红线拴手。毕摩举刀割断拴于所有人身上的线，改系在"锅日"头上，将其送出门外，抛在荒野外。送走时，须开枪逐鬼。彝族认为经过此仪式后，新娘带来的鬼邪就可由"锅日"带走，可保全家平安无事。

彝族的婚嫁习俗贯穿着渴望生育吉利和嫁后多子的愿望，从这一观念出发，也形成了婚礼中的特殊宗教礼仪。云南小凉山彝族新娘出嫁时，要在羊圈旁将发辫解开，披着散发，包上头帕。解开的发辫要等到在男方家举行完结婚仪式后，才能在男方家羊粪堆旁重新梳起，以祝福女儿身体健康、月经调和。姑娘出嫁前，母亲要在女儿的头上戴上一块用染红的羊毛织成的"扎"，染红的羊毛巾象征月经。"扎"要戴到男方家后才能取下保存起来，如果第一胎孩子出生时顺产，象征"扎"吉利，并要将"扎"长期保存起来，反之便认为不吉利，要把"扎"丢掉。[①]在彝族的传统观念中，羊粪的肥力预示增殖，并寄有祈望多生育子女的寓意，所以，婚礼中的有关仪式通常要在羊圈旁举行。

①宋恩常：《云南彝族的宗教观及其演变》，第657～658页，载《云南少数民族研究文集》，云南人民出版社，1986年版。

回娘家的彝族妇女。　　曾承东摄

为新娘举行转魂活动，也是彝族婚礼中独特的祝福仪式之一。彝族认为，在婚礼中要将新娘的灵魂从娘家转到夫家，婚姻才能得到祖灵的认可和庇佑，新娘才能成为夫家的正式成员。云南凉山彝族新郎新娘的入洞房仪式要在太阳升起时举行。由负责迎接新娘的姐夫、妹夫或表兄弟将女子背进洞房，在入洞房之前，要请毕摩用煮熟的羊胸脯绕过新娘头部，再由所约请的妇女从新娘头上取下从娘家带来的头帕。次日，要在夫家的火塘畔，为新娘举行迎魂仪式。仪式由毕摩主持，毕摩念经祈祷后，手提捆绑起来的活母羊，从左绕新娘头七圈，从右绕新娘头九圈，最后将羊打死。经过这种仪式后，相信新娘的灵魂就转到了夫家。彝族的转魂仪式，实际上是借宗教意识来强化夫权。

另外，彝族姑娘出嫁之日，要举行向火塘告别仪式，这是接新娘的高潮。在彝族的传统观念中，新娘可以不跟父母告别，但必须向火塘告别。届时，新娘由一个"过福人"背着新娘绕火塘三圈，一边绕新娘一边痛哭，以示对祖先神的敬重和感激护佑其长大成人的恩情。

4

丧葬祭礼

如果说诞生礼仪标志人生的开始，那么，丧葬礼仪则标志一个人走完了自己生命的历程，向社会告别。葬礼作为人生的终结礼仪，彝族尤为重视。

彝族认为，灵魂是人得以生存和活动的操纵者，主宰着人的生命。灵魂可以脱离人体而存在，但一旦灵魂离开而不能归附于身，便意味着死亡。彝族认为人死只是肉体的消亡，其灵魂尤存，所以丧葬礼仪的全部内涵便主要针对那个不死的灵魂，举凡装殓吊唁、停灵祭奠、出殡埋葬、设灵祭灵、指路归祖等等，无不以此为直接对象。

现大部分彝族地区实行土葬。云南永仁县彝族支系俚颇老人断气后，须立即派人将长子找回来接气。接气意为继嗣宗族，绵延后代。接着要把死者放在正堂供有祖先灵位的凉床上净身，换上寿衣，并在口内放少许白米和碎银。守灵哭丧时，要谨防猫等动物从棺上越过。

彝族出殡时要请毕摩择日，如果遇到红煞日（猪日、鸡日）是不能出丧的。下葬前，须仔细清棺，特别是死者脸部不能被遮盖，认为耳朵受盖，后代会出现聋子，眼睛被遮，则会产生瞎子，嘴被蒙住，后代会出现哑巴等等。清扫墓坑时，先要用一根带刺的树枝在墓坑内来回清除，树枝上缚一只鸡，以示除邪，口里还大声呼喊"死人进，活人出"之类的话。据说，如果不清扫墓坑，参加丧礼人的魂就会被亡魂牵入阴间，生者就会生病。垒土时，一定要背对墓坑。返家前，在场的人须带回一点从墓坑里挖出的生土，以备参加葬礼的人生病后，用凉开水冲泡送服。埋葬死者的当天晚上，要在丧家举行赶鬼仪式，众人手执长刀、荆棘或铁链、扫帚，驱赶房间各个角落，意将鬼驱走，以免滞留家中作祟。彝族认为，人死后的灵魂可能变成鬼，也可能变成神，鬼会加害于人，神能庇佑于人，为了使死者的灵魂变成神，不让祖魂到处游荡，故要设置灵位，为亡灵指路，招附祖魂于祖灵筒内。

云南宣威县彝族认为人离世也是一种痛苦的解脱，所以守灵时要用歌舞来取悦死者，越热闹越好，丝毫没有悲伤之情。届时要请四个人手持铜铃在尸体旁边跳边唱，称为"跳脚"。

彝族通过葬礼，也把生和死联结在一起，因死想到生，由人口的减少联想到繁衍增殖，这样，祈求增殖的仪式便在丧葬过程中形成。如滇南彝族的丧葬过程中有性交合的摹拟行为等，其目的就是把生与死、祈生与悼亡紧密联系在一起。

火葬是彝族历史上广为流传的一种丧葬习俗，现今大部分彝区已改行土葬，但川滇大小凉山彝族仍在行火葬。

滇南石屏县彝族在整个丧葬仪式中，当送殡队伍到达墓地后，要等待吉时下葬。

杨兆麟摄

凉山彝族在人死后，先净身，穿寿衣，口含少许碎银。蜷曲手脚后捆好，将尸体置坐状，让亲友前来祭奠，然后使尸体侧卧在尸架上。尸架由两根木杠与七至九根横木（男九女七）扎成，尸体上架后解松绳子。彝族认为，焚烧尸体时，手足不能伸张开来，若手伸开，是亲戚将要死亡之兆，右手主男，左手主女；如果有足伸张，是家中将有死人的预兆，所以人死后，要用绳捆绑好手足。停尸于

将棺材抬过伏地叩拜的孝子至亲，以表示对死者的孝敬之心，是滇南石屏县彝族较具特色的丧葬礼俗。

杨兆麟摄

家中时，要杀一只鸡，把苦荞粑或一把米放于尸侧，以示献祭。烧尸之日，要请毕摩择吉日，以免对生者不利。尸架抬到火葬场后，先挖一坑，坑内放松明之类的引火物，坑上依男九层、女七层之数架成方形柴堆，将尸体放置在干柴上，从死者家中的火塘内引火点燃柴堆，火化完毕，骨灰落入坑内，然后用泥土掩埋，上面仍以男九女七之数压上石块。烧尸过程中，亲属必须守候在旁，并不断口

滇南石屏县彝族在丧葬祭礼中为亡灵搭建的灵房。灵房设在堂屋正中，由彩纸裱糊而成，周围装饰彩幡。以猪头、猪尾、糍粑、糖果为祭品。据说这是为死者亡灵在阴间建造的新房。

杨兆麟摄

诵咒语，以防止野鬼前来作祟打扰死者，防止仇人将牛、羊骨抛入火中，如果有牛、羊骨抛入，意味着其后代将永远不能兴旺。

彝族信奉鬼魂观念，点火烧尸后，人们可根据第一缕烟雾的飘向来推断吉凶。烟雾飘向何方，意味着近期内此方将有丧事，以烟雾直升天空为吉。尸体置于柴上引火焚化，如果久焚不化，便认为死者亡灵留恋人间，抑或还有不遂心的事，不愿返回祖先之地，意味着亡灵可能会纠缠家人，殃及人畜。遇此情况，要让死者子女跪拜在尸架前祈祷，劝慰死者，表白子女将保证完成死者未遂的遗愿，直到将尸体完全焚化方止。

彝族相信人的灵魂可以转生为花鸟鱼虫等动植物。如果转生为动物，表明死者命好，因为人源于动物，转生为动物是归本返祖；而转生为植物，则认为命运差，此后再也无法转生为人。判断死者转生为何物的方法是：如果烧尸场的灰烬表层上有野兽和虫鸟的足迹，认为已转生为鸟兽；若显现树叶痕迹，表明死者已转生为树木花草；倘若有人的足迹，即认为转生成了人。同时，还可以从观察痕迹所示的方向来判断转生的去向，痕迹向东，转生在东方，朝向西，转生在西方。

彝族还认为，焚尸后的当天晚上，死者的灵魂会依恋亲人和故居，返回家中来探视。所以，当夜死者的家人常在入夜前撒一层灶灰在屋内，自己则避住于亲戚家中。第二天凌晨回家查看灰面上的痕迹，若有猫、鼠、蛇等动物足迹，便认为死者已转生为同类动物。[1]

<hr />

① 杨学政：《原始宗教论》，第215页，云南人民出版社，1994年8月版。

云南石屏县"德培好"祭祀先祖阿倮活动中主持各祭坛的彝族毕摩。

通过占卜,"德培好"活动中的各支迎接阿倮队伍按顺序穿越阁楼牌坊进入祭场。

欧燕生摄

神灵的颂歌与祭典

神话似乎是宗教的注脚

祭祀歌谣则表达了

宗教祭祀的目的和内容

而年节中不可缺少的祭祀活动

又进一步传袭了宗教的内容

综合考察彝族的神话、祭祀歌谣与节日文化不难发现，它们都与原始宗教有着千丝万缕的联系。神话似乎是宗教的脚注，用来说明宗教里祭仪的内容和崇拜对象的由来，祭祀歌谣则表达了宗教祭祀的目的和内容，歌颂了神灵的巨大力量，而年节中不可缺少的祭祀活动又进一步传袭了宗教的内容，所以，节日通常被看成是宗教活动的盛典。

火把节是各地彝区流行甚广的节祭活动，它源于人们对火的崇拜，至今有关火把节的神话传说很多。节日期间，云南石林县彝族支系撒尼人青年男女，身着节日盛装，弹起大三弦，纵舞"阿细跳月"。

云南民族博物馆提供

神话：宗教的注脚

　　神话与原始宗教有同源关系，都统一于原始初民意识形态的领域里，产生的基础都是万物有灵观念。原始初民将各种自然现象加以人格化、神化这一特定的思维定势，不仅形成了自然崇拜、图腾崇拜、祖先崇拜等原始宗教诸形态，也成为神话产生的思想基础。所以在初民的观念里，原始宗教中的神灵常常出现在神话中，而神话中的神灵也往往就是原始宗教中主要的祭祀对象，宗教中的每个仪式常以神话形式流传下来，神话的流传又进一步解释、说明了宗教祭仪、宗教活动，神话似乎就成了宗教的注脚。

创世的丰碑

　　在彝族庞大的神话体系中，创世神话最具特色、最为系统，所占的比例也最大。在彝族的创世神话中，塑造了一群胆识超群的神灵形象，它们在创造天地的过程中，历尽艰辛，并经过多次的创造，树立了与自然作顽强抗争的业绩和丰碑，彝族创世神话无愧为彝族综合性的原始文学杰作。

　　《格兹天神开天辟地》中说：远古的时候，格兹天神从天上放下了九个金果变成九个儿子，天神让其中的五个去造天；又放下七个银果变成七个姑娘，让其中的四个来造地。造天地没有模子，就用伞做造天的模子，蜘蛛网做天的底子，用轿子做造地的模子，用蕨菜根做地的底子。造天的儿子好吃懒做，造地的姑娘勤勤恳恳。结果，把天造小了，地造大了，天盖不住地。格兹天神让阿夫来解决这个难题。阿夫叫三个儿子抓住天边往下拉，把天拉得又大又凹。

阿夫又放下三对麻蛇，围着地箍拢来；放下三对蚂蚁去咬地边；放下三对野猪、三对大象去拱地，把地拱出了高低深沟，从而出现了高山、平坝，有了大海、河流。格兹天神又用雷电试天，用地震试地。天裂了缝，地通了洞。五个儿子用松毛做针，蜘蛛丝做线，云彩做补丁，把天补起来。四个姑娘用老虎草做针，酸绞藤做线，地公叶子做补丁，把地补好了。但新开辟的天地总是摇摇晃晃的，很不稳当。为了不让天塌地陷，格兹天神又叫造地的姑娘提来公鱼支撑地角地边。鱼不眨眼，地才稳固起来。又让造天的儿子捉来老虎，用虎的脊梁骨顶住天心，四肢撑住，天才不摇不摆。格兹天神又觉得人世间太寂寞，便取下虎头做天头，虎尾做地尾，虎鼻做天鼻，虎耳做天耳，左眼做太阳，右眼做月亮……从此，世上就有了万事万物。[①]

《涅侬佐颇造天地万物》中说：相传，天地和万物是由一群神造出来的。群神中有个神王名叫涅侬佐颇，他叫龙王罗阿玛到天上种活一棵梭罗树。这棵梭罗树晚上开花，变成了月亮。神王又叫他的大儿子撒赛萨若埃种活了一棵梭罗树。这棵树白天开花，变成了太阳。有了太阳和月亮，又叫二儿子涅侬撒萨歇在空中撒满星星，打开空中的风水门，让世界充满雾露。有了日月星辰和雾露，群神便来造天造地，把天造得像篾帽一样，把地造成像簸箕一般，并从梭罗树上取下各种各样的种子撒到地上。

《天神恩体古兹开辟天地》中描述：远古的时候天地未分，混沌一片。天神恩体古兹召集东西南北方的四位神仙和铁匠阿尔师傅共同商议开天辟地的大事。后来依照一个小神的计策，由阿尔师傅用打碎的九口铜铁锅做原料，铸成了四把铜铁叉，交与四位神仙。四神仙用铜铁叉分开天地，又从地上取来铜铁球，由铁匠阿尔师傅用来制成九把铜铁扫帚、九把铜铁斧，交给九位仙女去扫天扫地。把天扫上去，天呈蓝茵茵，把地扫下来，地显红艳艳。并用四座高山做四根天柱，用四个压地石压住地的四方。最后，又由九位男神用铜铁斧去平整大地。结果，有的地方打成山，成为牧羊之地；有的

① 《彝族文化大观》，第319页，云南民族出版社，1999年9月版。

地方打成地，成为牧牛之地；有的地方打成平原，成为种稻之地；有的地方打成坡，成为种荞之地。

《阿录茵造天地》里讲，世上的万物是天神阿罗的女儿阿录茵肢解自己的身体做成的。相传，远古的时候，天地一片混沌，分不出白天黑夜。后来，有位天神名叫阿罗，生下了五个儿子。五个儿子力大无比，阿罗叫他们造天。天造好后，阿罗又生下一个女儿，名叫阿录茵，阿罗叫她去造地。阿录茵勤恳地造地，结果造出的地比天还大，天地无法合拢。阿录茵在地上打了许多褶皱，地上便出现了高山和深谷，天地合拢了。然而，天上没有日月，地上没有草木江河。阿罗叫五个儿子取下自己的眼睛去做日月，儿子们都不愿意。阿录茵自告奋勇地取下自己的左眼做太阳，取下右眼做月亮，然后又肢解自己的躯体，做成了大地上的草木和江河。从此，天上有了日月，地上有了草木和江河。

滇南著名史诗《查姆》中又说，天地间的万物是由黑埃波罗赛变成的。古时候，天上没有日月星辰、云雾风雨，地上没有树木山河，也没有人。有一天，黑埃波罗赛生下一个蛋。这个蛋分三层，蛋皮变成天，蛋白变成日月星辰，蛋黄变成大地。黑埃波罗赛死后，舌头变成了水王，耳朵变成了星星，奶头变成了大小山，两只手变成了东西方，两只脚变成了南北方，气变成了风雨云雾，脚趾手指变成了山梁，头变成天，心变成地，骨头变成了石头，胃变成了海，大肠变成了江，小肠变成河，肉变成虎、豹、麂子、野猪、山骡子和狐狸等，头发变成了树林草木，胡子变成了粮食种子，血变成了金、银、铜、铁、锡等。黑埃波罗赛睁开眼睛天就开亮，闭上眼睛天就变黑。

洪荒的记忆

彝族的洪水神话与其他民族的洪水神话相比，虽存在一些共性，但仍具有自己鲜明的特点。

彝族洪水神话中，都普遍流传人类经历了三个时代，即独眼时代、直眼时代和横眼时代。《洪水淹天》中说：相传，人类第一个时代叫"拉爹"时代，人只有一只眼睛，长在脑门上，故又称独眼时代。这代人不会用火，不会种粮食，不会穿衣裳，也没有房子住，人同野兽住在一起，虎吃人，人也吃虎。这代人心地不好，不讲道理，儿不认爹，姑娘不认妈，老少分不清，因此，天神认为这代人心不好，于是天降大旱，把独眼人都晒死了。天神重新换了一代人，叫"拉拖"时代，这代人的眼睛是直的，所以又叫直眼时代。这代人妹妹配哥哥，一个配一个，经常吵架斗嘴，各吃各的饭，谁也不管爹妈，不管亲友，老人死了被丢在山沟里。于是天神决定洪水淹天，淹死了直眼人，只剩下好心的阿卜笃慕兄妹。在天神的旨意下，兄妹俩躲进葫芦里度过了洪水之灾，然后繁衍子孙，成为横眼人，人类进入了"拉文"时代。

此外，流传于云南楚雄的《洪水泛滥》、江城的《洪水连天》、石林的《洪水滔天史》等彝族古籍里都记载了类似的神话。彝族洪水神话中的三个时代，其实说的就是人类的繁衍。

《洪水滔天史》说：古时候洪水滔天，只有善良的三弟曲布伍午藏于木柜里躲避了洪水灾难。《阿霹刹、洪水和人的祖先》中同样说到：古时候，有一家三兄弟和一个妹妹，他们开荒种地，头天犁过的地，次日又复原。他们认定是有人存心捣鬼，就半夜手持棍棒看守。果然，夜里有一老头子用拐杖将他们犁过的地复原回去了。大哥、二哥看见这情形，便要打死老头，三弟却主张不打老人。老人告诉三兄弟，他是雷神阿霹刹，并告诉他们世上要发大水了，还给了他们三只箱子：一只为金箱，一只为银箱，一只为木箱。待大水来时，叫他们各自躲进箱子里。大哥、二哥贪心，各人要了金箱、银箱，三弟和妹妹要了木箱。发洪水时，大哥、二哥随金箱、银箱沉下水底被淹死了，只有三弟和小妹躲在木箱里，漂浮在水面上。洪水退后，为了传人种，兄妹俩便成了亲。过了三年，妹妹生下一个大肉团。他们认为这是天神不愿让他们兄妹成亲，便把血肉剁成块，挂在树上。几天后，挂在树上的肉块变成了一群男男女女，成双成对，有说有笑，在树上吃果子。从此，世上的人一天比一天多了起来。①

① 《中国各民族宗教与神话大词典》，第678页，学苑出版社，1990年10月版。

四川凉山美姑是毕
摩文化之乡。

在各地彝族流传的洪水神话中，很多还与始祖的诞生神话融为一体，反映了某些图腾崇拜观念。

《竹的儿子》中说：远古时洪水泛滥，淹没了一切生灵，只有一位姑娘抱着一根大竹随洪水漂浮而幸存下来。洪水退去后，姑娘在百鸟的帮助下，敲开了竹子，竹子里跳出五个儿子，这五个儿子长大后各自成家立业，发展成为祖摩、那苏、兔苏、纳苏、沟哉五个彝族支系。

　　彝族的洪水神话不仅与人类的繁衍密切相关，也与毕摩祭祀诵经、布祭场、祭祀活动时毕摩身着的神衣神帽的来历有关。云南禄劝县彝族神话《毕摩天降》中说：

　　古时天地曾有三次大变化，第一次变化，宇宙为混沌状态，天上有六个月亮、七个太阳，因此，天地间的一切鸟虫，都被晒死，草木枯萎，惟有马桑树及铁茎草未被晒死。天神起了怜悯心，派遣毕摩下凡，用马桑树及铁茎草扫除宇宙的孽障。所以彝族现在举行任何祭祀，毕摩都要用马桑树及铁茎草洒水祛除魔障邪恶……第三次变化则在洪水泛滥之时，天神派了三个毕摩，携带经书降临，拯救人民。三个毕摩各骑黄牛一头，把经书系在牛角上，不料渡海时，牛角上的经书被海水浸湿了。毕摩降到人间，洪水退落，便把经书放在冬青树叶上曝晒，结果一半经书被冬青树叶黏住破损了。因此现存的经书，只有原数的一半。毕摩每当作法诵经，必先在祭场上插些冬青树枝。又说在曝晒经书之时，经书被老鹰抓破了一半，故现在云南禄劝县一带的毕摩在诵经时，头戴笠帽，帽檐上系一对老鹰脚，也是以鹰脚补充所损失的一半经书。[①]

　　由此，我们不难看到，神话似乎就是原始宗教的注脚，用来说明原始宗教的仪式、情感和观念，而原始宗教的各种仪式又进一步保存了神话。

　　①马学良：《倮族的巫师"呗耄"及"天书"》，第6卷第1期，载《边政公论》，1947年。

2

祭祀歌谣:神灵的颂歌

歌谣是民间文学的又一重要组成部分,它的产生和发展也与宗教有一定的联系。彝族相信巫术力量,并认为人可以通过咒语、祭仪等形式去控制自然,使自然力屈服于人的愿望。彝族先民用咒语使自然屈服于自己的过程,也就是歌谣产生之始,特别是后期,巫术与原始宗教的整合,对彝族仪式歌、习俗歌的产生和发展起了决定性作用。

彝族生产过程中的各个环节深受原始宗教观念的影响。云南大姚县彝族称山神为"咪西",认为山神是一村之神,主宰人畜安宁,集天、地、父、母四神于一体。每村都有山神庙,凡农事、狩猎必先祭山神。按传统,每年农历二月初八要祭山神,以酒、肉、锄、斧、刀、枪为祭品。参祭者要做锄土、割草等模拟动作,祭祀时,毕摩要念《祭山神经》:

"德培好"活动期间,身穿盛装的云南石屏县哨冲一带的彝族男青年在耍龙。

普学旺摄

在祭祀先祖阿倮的"德培好"祭典中，青年妇女不甘示弱，展现高难度的耍龙技艺。

杨兆麟摄

天呀四四方，地呀四四方。今天是吉日，祭祀咪西神。咪西是山神，咪西是地神，咪西是父神，咪西是母神，镰刀割几下，今年庄稼会成熟，锄头不给它闲着，镰刀不给它闲着。天神山神呀！望你保佑五谷丰登，保佑人们无病无痛，出门顺利。天神山神呀！四面八方你都管，保佑我们四面通顺，八方吉祥。

贵州威宁、云南宣威一带彝族为祈求猎事的丰收，以及狩猎过程中人身安全，在出山行猎之前，要祭猎神，祭词云：

祭献众神灵，保佑打猎人，步步都平安，处处都吉祥！祭献众神灵，请搜集走兽，请搜集飞禽；洞中的出洞，林中的出林；弩箭出弓，百发百中。打猎祭词，句句显灵！

云南大姚、永仁县彝族认为牧神司管六畜，于是，每年农历正月初二，牧人要携带米酒、猪肉、糍粑、香烛、钱纸上山祭牧神。牧神以一棵高大挺拔的树为象征，祭祀时在两棵大树间烧一堆火，让所有牲口从火上跃过，主祭人诵祭词，以此为牲畜除邪免灾。祭词云：

　　放牧神呀你请听：放牧路上你保护，豺狗抬羊你护羊，羊过岩脚下，莫给岩石来打着。今天是正月初二，是祭羊神的日子，祭了放牧神，羊群会兴旺。[①]

　　彝族的丧葬习俗歌谣一般都以哭唱的形式表现出来。彝族支系撒尼人守灵时唱的《哭丧调》的大致内容是："你死莫变牛，变牛三天不离档，你死不变马，变马三天不离鞍……你死变只猫，猫和官吃饭；你死变只布谷鸟，布谷春季鸟，唱在高山顶，唱在高树上，爸妈听得见，子孙听得见。"这首为死者到另一个世界设想的哭丧歌就是人们在灵魂不灭观念的支配下，受人间的现实生活的影响而产生的。

　　彝族巫术和宗教的整合，也给民间文学产生了极大的影响。譬如，流传于云南永仁县彝族地区的《择房基歌》是这样的："阿波（彝语，老爹）阿惹（彝语，儿子），教子孙修房盖屋，确定方位，选定吉地。大梁是房屋的主骨，家支离不开头人；中柱是房屋的中心，阿妈管理着家务。这座房屋真好，实在好！是我们祭祖的地方，是我们养儿女的地方。"在这首歌谣里，如果没有宗教的内容，也就不可能产生这样的习俗，这是因为宗教因素已经渗透到了习俗的最深层。

　　彝族信奉祖先崇拜，逢年过节都要祭祖，祈求祖灵保佑家庭清吉平安、五谷丰登、六畜兴旺。云南双柏县彝族《祭祖歌》这样唱道：

　　人死三个魂，一个随祖去。随祖这个魂，供在香案上。用草做祖身，马缨花做手脚，山竹做骨骼，涂上黄颜色，敬供灵台上，儿子来祭酒，女儿来献饭。人死三个魂，一个在守坟。守坟这个魂，住在高山上，大石垒坟堆，草皮盖坟上，片石做门板，

　　盖好打不开……年祭祖灵，祖灵守坟墓。你的子孙们，烧纸又献饭，祖灵来吃饭吧祖灵来喝酒吧！年年祭祖灵，祖灵保儿孙清吉，

　　①左玉堂主编：《云南彝族民间歌谣集成》，云南民族出版社，1986年9月版。

保六畜兴旺，五谷丰登。

彝族为病人招魂叫魂的活动较为普遍，所以，凡是人生了病就认为是失落了魂，须请毕摩推测失魂的原因和方向后，举行招魂仪式。招魂时，病人所到过的地方都要一一呼及，从远到近地呼，最后将魂招回家中，附于病人身上。彝族认为，通过招魂以后，病人能马上康复。《叫魂歌》就是招魂时所唱之曲。云南巍山县彝族《叫魂歌》唱道：

某某，回来，回来！你落在箐里就从箐里回来，你落在山林里就从山林里回来，你落在地里就从地里回来，你落在桥头就从桥头回来，你落在路边就从路边回来，你落在哪里就从哪里回来。阴森森的山箐里你不要在，黑漆漆的深林里你不要在，荒凉的山野里你不能在，冷飕飕的桥头你不能在，险陡的山路边你不能在，高高的岩石底下你不能在，闻不到烟火的地方你不能在，听不见鸡犬声的地方你不能在。某某，回来，回来！某某，回来，回来！家中老少在叫喊你，村里伙伴在寻找你；他们等你回家团聚，他们盼你回村欢乐。[①]

此外，各地彝族还有叫儿魂、叫牛魂、叫荞魂等习俗，并有一系列相应的叫魂歌。

彝族的民歌民谣涉及彝族生产、生活的方方面面，产生的基础大多为巫术和原始宗教观念。歌谣在原始宗教的母胎中孕育产生，并随各种宗教祭仪而长期得以保存下来。歌谣在一定程度上又丰富了民俗活动的内容，从而使民间口传文学得到世代相传。

①左玉堂主编：《云南彝族歌谣集成》，第165～166页、第129～130页，云南民族出版社，1986年9月版。

年节：神灵的祭典

　　节日作为人类精神民俗的有机组成部分，随人类社会的发展而得以沿袭和传承。年节产生的历史久远，它不仅受到政治、经济、生产、生活、居住环境等诸多因素的影响，而且宗教对它的作用也很大。有的节日，因宗教信仰观念而产生；有的节日，因宗教祭祀活动而得以保存。宗教是节日形成和发展的重要因素和源泉，不论是信仰性节日，还是时令性节日，宗教观念、宗教情感、宗教祭祀活动都贯穿始终。

岁时年节：祭祖

　　春节，是我国各民族传统佳节，也是彝族重大的年节。正月初一是辞旧迎新的日子，滇南彝族支系阿哲人在这一天，男主人都起得特别早，备好饭菜和香烛、鞭炮，去龙潭边（井水边）祭小龙挑仙水，有的地方叫"抢仙水"，并用抢回的仙水煮饭、煮猪头、做汤圆。天亮时在自家屋内祭祖先、祭灶神和门神等。祭毕，带上丰盛的祭品，率子女去全村的祖庙内叩头献祖。初二上午用丰盛的食品在自家屋内祭祀自己的祖先，并祭族树。晚上要举行祭送远古祖先的仪式，一为送祖魂归去，二为祭始祖。云南姚安县左门一带的彝族，在大年三十晚上，各家要呼喊已逝三代祖先的名字，请他们回家过年，同后代子孙们共享年节的酒肉与快乐，呼喊毕，户主将煮熟的肉、饭、清酒等食物供于祖灵前，并焚香化纸，叩头三拜，表示对祖先的追念和崇敬。居住在贵州省纳雍县的彝族在除夕这天，要将所杀的年猪从下腮、舌头到肚割下一条，摆于神龛前祭祖先。

在吃晚饭前，主人洒酒于地，意为请祖先灵魂归来，与后代家人团聚。吃饭时，在神龛前点燃香烛，摆上酒肉菜肴敬献祖先。到正月初一早上，主人要将一枝代表祖籍的树枝插在屋檐下，表示自己不忘祖。

农历三月清明节，也是彝族的祭祖节。每到清明，云南楚雄彝族各家都要采回杨柳枝，插于供祖先的地方，然后去上坟。上坟前，将杀年猪时专门留下的一只猪耳朵煮熟，连同鸡、肉、饭、菜、酒、茶、香、纸等一同带到坟地，先祭山神，再祭祖先。祭祖由长者主持，家人在坟前三拜九叩，坟上压柳枝，焚香烧纸。广西隆林县彝族在清明节时，则把糯米染成黄色，蒸熟后祭祀祖先。

农历七月十四日，为彝族的送祖节。这天，各家点燃家堂上的神灯，在家堂上供水果、糖和炒豆，并烧香焚纸钱。下午用鸡、猪头肉、好菜，加上酒和饭进行祭献。然后以瓜叶或纸包裹肉、饭、水果、糖和十二张黄钱纸，每个祖先一份，全放在一个篾筛里，一家老小抬着把它送到村口的水沟边，在那里烧香焚纸磕头，祈求祖先来领受。云南楚雄彝族于七月半这天，家家户户要爆炒燕麦、蚕豆、玉米等物。他们认为，祖先要去打仗，爆炒的燕麦、蚕豆、玉米是替祖先准备的弹药干粮，爆炒发出的爆响声就是弹药。到晚上，又宰羊杀鸡祭祖，并在大门口烧香化纸，叩头祭祀。有些地方的彝族，这一天要把在家供满三年的祖灵送到土主庙内。

彝族过彝历新年的时间一般在农历十月，具体时间各地不尽一致。贵州纳雍、威宁、织金县彝族在农历十月初一这一天，家家要摆上丰盛的饭菜祭祖，并把祠堂打扫干净，在祠堂内燃放爆竹，摆上祭品。祭毕，把祭品带到族长家里一齐食用。云南哀牢山彝族过彝历新年以家庭为单位，要把嫁出去的姑娘召回来，并宴请亲友，或杀猪或杀鸡，煮一大锅香喷喷的新米饭，舂一些各色各样的饵块，然后祭祖。[①]

值得一提的是，云南石屏县哨冲乡莫测冲、上寨、中寨、水瓜冲、坡龙山脚等五个自然村的彝族支系聂苏人，每隔十二年的马年

①王丽珠：《彝族祖先崇拜研究》，第94、96页，云南人民出版社，1995年2月版。

"德培好"是滇南石屏县哨冲乡彝族祭祀先祖阿倮的盛大祭仪。活动设立一个主祭坛，十一个分祭坛。主祭坛用四棵十四米高的松树固定十二张八仙桌重叠搭成。每张桌面摆一套祭品，表示一年一祭，十二年一大祭。顶部放置一颗象征阿倮化身的鹅卵石，用一根长草绳把祭场中临时搭建的阿倮神龛和神林里的"倮宫"连接起来，表示血脉相通。公祭开始，一名德高望重的毕摩盘坐顶端，主持念经。

杨兆麟摄

规模盛大的队伍迎
接"阿保"进入祭场。
普学旺摄

正月第一个马日要举行规模空前的"德培好"祭典。"德培好"为彝
语音译，汉意为祭祀始祖阿保的盛典。当地彝族传说，阿保是一位
智勇双全、能镇魔除邪的始祖英雄，他为了拯救深受妖魔伤害的彝
家人民，利用他的超群智慧和铁锤、铜镜、铁扫帚、铁马鞭、飞马、
经书等神物，与妖魔鬼怪作顽强的拼搏，不幸身亡。因阿保的诞辰
和忌辰都在马年马日马时，所以，彝家人民每隔十二年都要举行大
祭。"德培好"祭场设在村寨中心的平坝开阔处，共由三部分组成。
青松林幽道由一百四十四棵幼松和八十棵幼杉布阵而成，树与树之
间用青藤、尖刀草串连，以驱邪除秽，让进入祭场的迎保队伍从幽
道中顺利穿行。楼阁牌坊设在青松道的出口处。牌坊用圆木做支架，
用彩纸装饰。祭场内设一个主祭坛和十一个分祭坛。主祭坛用十二
张八仙桌重叠搭成，以表示十二年举行一次大祭。每个祭坛都由一
名毕摩主持。"德培好"节为期三天。第一天正午举行隆重的请保、
迎保、祭保仪式。第二天进行赛装、武技、耍龙等民间表演。从第
三天开始，毕摩挨户到民户家中诵经逐疫。其中，祭保仪式是整个

"德培好"活动中的"左白补"分祭坛。毕摩诵诅咒经，祈求始祖阿保铲除一切邪恶，建立安定的社会环境。祭品为一头乳猪、一只公鸡。　　　　　普学旺摄

"德培好"活动中的"活库"分祭坛。毕摩诵经招回失散的灵魂。　　　　杨兆麟摄

　　"德培好"中最神圣的穿石洞仪式。用从龙潭中取来的净水淋洗代表阿俣化身的鹅卵石（俗称"公石头"）后，慢慢穿过天然的石洞穴，最后捧送到阿俣神龛中，接受众人的拜祭，表达了彝民祈求增殖人丁的愿望。

　　普学旺摄

活动的核心，祭祀开始后，十二个祭坛的毕摩念经歌颂阿俾的英雄业绩，并祈求阿俾铲除妖孽及一切殃祸，保佑村寨平安、人畜兴旺、五谷丰登。

火把节：除秽

火把节是川、滇、黔、桂各地彝族最隆重的传统节日，川滇彝族的火把节一般在农历六月二十四日前后，而贵州彝族多在农历六月初六左右。火把节的流传历史悠久。师范《滇系·杂载》中说："火把节即星回节，六月二十五日，农民持炬照耀田间以祈年，通省皆然。"许实《禄劝县志·风土志》也说："六月二十四日为火把节，亦谓星回节，夷人以此为度岁之日……儿童执火炬，屑松枝，杂煤祆而擷之，见尊者叩首，举燎逼裙，撒松煤燎之，火焰满身，谓之'送福'。"《石屏县志·天文志·岁时》卷一载："六月二十五日，田野松炬烛天，占岁之丰凶，明则稔，暗则灾，幼者各燃松炬相斗，以胜负卜村之凶吉。"

火把节流传至今，还保留着这样一些习俗，有的地方要全村杀猪宰牛祭神，有的地方每户都要抱一只鸡到田间地角里去祭田公地母。云南省红河等地彝族每年农历六月二十四日，村村寨寨，家家户户，都要劈松树做火把。天刚黑，便将火把点燃，由家长手持火把，在堂屋、房间、灶房的角落里巡绕一遍，驱赶危害人畜、庄稼的鬼邪。云南漾

火把节上荡秋的云南彝族妇女。

云南民族博物馆提供

　　火把节是各地彝族最为隆重的传统节日。每年农历六月二十四日晚，云南石林
县彝族支系撒尼人穿上节日盛装，手持火把汇集在一起，纵情歌舞，驱除邪秽。

欧燕生摄

濠县彝族过火把节有两种基本形式，一是烧火塘，二是燃火把。烧火塘，即在农历六月二十五日这天，以户为单位，在山上比赛谁家的火塘烧得旺。燃火把则是以村寨为单位或是三四户人家相约，在村前村后的路口上竖起火把。火把高达一二丈，捆扎成台，平年扎十二台，闰年扎十三台，在火把尖端插上纸做的升斗和彩旗，升斗四面写着"五谷丰登"、"六畜兴旺"、"年丰人寿"、"四季发财"等字样，火把上挂满了包有硬币的小包子和各种水果。当天晚上，由村寨中得高望重的老人把火把点燃，娃娃们则争先恐后地在火把下面争抢掉下来的小包子和水果，以抢得多为吉利。此外，在燃大火把同时，每家每户也要点燃小火把，一人举一把，从房前到屋后，从楼上到楼下，从田边到地角，从村前到村后，不断地把松香粉撒在火把上，边撒边念："小鬼小怪撒出去，妖魔鬼怪撒出去，瘟疫病魔撒出去。""烧一烧，烧死蚊虫跳蚤；烧一烧，烧去灾星秽气；烧一烧，百病俱除，五谷丰登。"以此祈福逐疫除病。

火把节产生的根源是火崇拜，火把节与农业生产有直接的联系，过火把节是为了祈求庄稼的丰收。云南武定、禄劝县的彝民认为：过火把节是要引谷穗出来看火把；不玩火把，庄稼就会被烧焦，耍耍火把可将地下的火种引出来；耍火把是为扑灭秧苗的病虫害。云南石林县撒尼人在火把节期间，每个村寨都要束扎松明为火炬，到田野中照稻苗，并以火色占卜农事的丰歉。如果火苗烧得很旺，预示今年的稻谷将有一个好的收成，若火苗颜色暗淡或中途熄灭，预兆粮食减少，或有虫害、雹灾等自然灾害。

关于火把节的来历，各地彝区有不同的流传，其中普遍流传的传说是：很古的时候，天神恩体古兹不愿让彝族人民过上好日子，派了十大力士来彝山踏坏庄稼，彝族人民满腔愤怒，彝族小伙包聪挺身而出，与十大力士进行摔跤较量，比赛持续了三天三夜，包聪打败了十大力士，十大力士灰溜溜地低下头变成了一座秃山。天神恩体古兹又羞又恼，又撒下一把香灰粉，刹时变成数不清的害虫，要把所有庄稼吃光。彝族人民便点起火把，把所有害虫一烧而光，

云南富宁县板仓乡彝族在跳官节期间，由毕摩公推出一名"官头"。图为着盛装的官头。

游有山摄

夺得了丰收。从此，每年农历六月二十四日就成了彝族人民点燃火把，除恶灭害，共庆丰收的重大传统节日。

跳宫节：忆祖

跳宫节，也称"跳公节"、"祭金竹"。每逢农历四月初三左右，广西隆林、那坡及云南富林等县彝族要举行以祭金竹为中心的跳宫节。

关于跳宫节，有这样的传说：在远古的时候，彝族首领麻公率众御敌，因敌强我弱，被敌人追赶，形势危急。后来他们藏身于金竹丛中，并以金竹为弩，奋起还击，终于取得了胜利。为了欢庆胜利，追忆金竹的救命之恩，彝族就把从阵地上带来的金竹种在村寨中央，周围编上篱笆，保护起来。每到农历四月初三，彝族祭过金竹后，敲起铜鼓，吹起葫芦笙，拉起二胡，围绕金竹载歌载舞，歌颂祖先的功德。

云南富宁彝族的跳宫棚，平时围以石块、栅栏，严禁人畜入内。每年跳宫节时，彝族围绕官棚跳舞，以祭祀先祖。

游有山摄

彝族认为金竹与祖先有特殊的联系，金竹的荣枯代表族人的兴衰，所以，整个跳宫节始终以一丛茂盛的金竹为中心。图为舞队围绕金竹跳蹈。

欧燕生摄

跳宫节活动即将开始，"八大将军"在门口列队恭迎毕摩。　　欧燕生摄

跳官节正式开始前，
毕摩举行祭天仪式，祈求
此次活动能够顺利进行。
欧燕生摄

密枝节：社祭

密枝节是云南石林县、弥勒县和巍山县彝族的宗教祭祀节日，石林县、弥勒县彝族于每年的鼠月鼠日举行，巍山县彝族于农历十二月三十日举行。

密枝节是全村性的节日，但禁止成年女性参加，节日为期三天，主持祭祀活动的毕摩等七个负责人由节日前公推选举产生。所有负责人的产生有严格规定，必须是三代以上同堂家庭，一年内家中不能有人畜死亡现象，祭祀用的牺牲为白绵羊。

第一天上午十一时左右，主持人拖白绵羊、携带炊具和祭品进入密枝林，杀鸡敬献密枝神后，全体人员要通过"净门"，以示除污避邪。毕摩又用野姜根制成一对驮牛驮马以及农具，念咒经之后，将驮牛驮马及农具送到山洞里，以示驮走瘟疫。

然后宰杀白绵羊祭献，并生火煮羊肉稀饭，毕摩诵《狩猎经》。密枝神平日放在石洞内，祭前由毕摩取出，晾晒在青松枝上，祭祀仪式结束，又用红布包好放回洞中，洞口用石块密封。

在整个祭祀活动期间，毕摩要诵《驱邪经》《狩猎经》《农事经》

从密枝神洞中取出
密枝神石进行祭祀。

段明明摄

云南石林县跃宝山
彝族支系撒尼人于每年农
历鼠月鼠日要举行祭密枝
活动。密枝节的来源有不
同的神话传说，都主要是
祭祀一对牧羊男女神。图
为进入密枝林后，毕摩用
草绳设置"净门"。届时
参祭的所有人员和献祭的
白绵羊要依次通过"净
门"，以除污秽。

段明明摄

倒披绵羊皮的"卧毛"（密枝节期间的总负责人）。　段明明摄

《清吉平安经》等，每家都要派一名男子到林中分食羊肉稀饭。

晚上，一名负责人要带着一群手持竹枝的孩子，挨家挨户地讨米，并大声责骂村里不守规矩的人。

密枝节的起源有众多的传说，但有一个共同点，密枝神都是由一对牧羊的青年男女变成的，现在过密枝节，就是祭祀这一对牧羊男女神。

通过考察，我们可以看到：祭密枝就是社祭，密枝神就是村寨保护神。密枝节产生于狩猎游牧经济时代，是母系制向父系制过渡的产物。整个节日活动，禁止女性参加，不准下地干活，但可以上山狩猎，下河捕鱼。云南石林县跃宝山村的彝民认为：密枝神是牧神，是猎神，生性爱打猎，如果在此期间下地劳动，是对它的不尊，密枝神会生气发怒。为了取得密枝神的欢心，这几天只能做密枝神喜欢的事，说感恩于密枝神的话，才能得到它的保佑，村寨才能获得安宁。

云南巍山县彝族纸马"灶君"。　　云南民族博物馆提供

祈神乐舞与神画灵物

宗教艺术是

宗教观念和情感的

直观艺术表达

是富有艺术美的

宗教精神

早在原始艺术产生之初，由于人的"情感离不开宗教观念，艺术也就必然受宗教观念之支配了"。①即便在以后的艺术发展过程中，宗教始终渗透于各种艺术表现形式。所以，宗教艺术是宗教与艺术有机结合的产物，是宗教观念和情感的直观艺术表达，是富有艺术美的宗教精神。彝族的毕摩文化艺术形式多样，主要表现于舞蹈、音乐、绘画、雕塑等方面。

云南双柏县小麦地冲彝族在跳虎节开始后，众"虎神"在"虎首"的指挥下跳老虎舞。
杨军摄

①杨国章：《原始文化与语言》，第235页，北京语言学院出版社，1992年版。

与神共舞

　　彝族的民间舞蹈在某种意义上说是宗教信仰的艺术表达。彝族的图腾观念、祖灵观念、鬼神观念，对民间舞蹈有强烈的影响，并产生了相应的舞蹈形式。

虎 舞

　　彝族崇虎习俗早已有之，虎舞就是取悦祖先的一种舞蹈。

　　云南南涧县的彝族，每隔三年首月（虎月）的第一个虎日，都要举行祭祖盛典，跳母虎十二兽舞。届时，远近各彝族村民都要到当地一座山神庙里，祭祀描绘而成的一只黑色大虎头。巫师首先取羊头额骨烧烤占卜，得到母虎神将于当晚降临的预示后，当天夜晚，男女青年在庙外歌舞，表示欢庆以母虎为首的纪日十二兽神的降临。庙内由年长女巫为首，率领六至十二人舞蹈，气氛庄严肃穆。舞蹈伊始，男女群巫列为一行，各持一柄扇形羊皮鼓，为首女巫戴虎头面具，紧跟她后面的一个男巫则腰插虎尾。在巫队一侧由一男巫手持葫芦笙，群巫按笙乐节拍舞蹈。舞蹈的主要情节，是由为首女巫带头表演仿效十二兽的声音和动作，以象征十二兽神的降临，其中比较突出的是蛇舞和穿山甲舞，而最突出的则是虎舞。[①]

　　云南双柏县麦地冲一带自称"罗罗"的彝族，每年农历正月初八至十五日要过"虎节"。到时，村中八名青壮年男子要扮成老虎的模样，摹仿虎的姿态、动作跳舞。舞蹈的主要有"虎亲嘴"、"虎交配"、"虎孵蛋"、"虎护儿"等生殖繁衍动作，"虎搭桥"、"虎开路"、"虎盖房"等生活内容，"虎烧荒"、"虎耕田"、"虎撒种"、"虎收割"

---

　　① 刘尧汉、卢央：《文明中国的彝族十月历》，第18～19页，云南人民出版社，1986年版。

每年农历正月初八至十五，云南双柏县麦地冲自称为
"罗罗"的彝族要过传统的跳虎节。夜晚，众"虎神"在村寨
的平地上围绕篝火跳虎舞，以驱除滞留在村中的邪秽和殃祸。
欧燕生摄

跳虎节中的"虎首"
（中）、毕摩（左）和
"猫神母"（右）。
　　杨军摄

在跳虎节期间，装扮成老虎模样的彝族男子。
　　　　　　　　杨军摄

跳虎节中"虎神"跳亲嘴舞，祈盼村寨人丁的增殖。　杨军摄

"虎神"摹仿虎跳
性交舞。

杨军摄

等生产活动。当问及为何要跳老虎舞时，双柏县麦地冲的彝族回答
道："我们罗罗只有一代代地跳这种老虎舞，过这种老虎节，人口才
会发达，六畜才会兴旺，种在地里的庄稼才会有好收成。不跳老虎
舞，不过老虎节，人畜就会遭劫难，庄稼也会遭旱灾、火灾和虫灾。"①
这些朴实无华的话语道出了彝族跳虎舞是为了祈望人口的增殖、庄
稼的丰收、六畜的兴旺。

送灵舞

各地彝区普遍流传的丧葬礼仪中的舞蹈，尤受祖灵不灭观念和
鬼魂观念的支配，舞蹈的内容明显地带有生者对死者的感情追思，
并以此来颂扬死者生前的功德。凉山彝族在为死者守灵的第一天晚
上，要跳被称为"车格"的集体舞蹈，由宾主双方的男青年参加。
舞者先平伸双臂，互搭肩膀，围成圆形或排成线形，由一人手摇铜
铃领唱。"阿左格"是守灵夜的第二个集体舞。舞蹈时男女各排成一

①杨继林：《中国彝
族虎文化》，第15页，云
南人民出版社，1992年12
月版。

排，队伍整齐严肃，歌调深沉悲怆，由一人领唱，男女轻轻起舞，齐声唱和。"巴之利"是守灵夜的第三个舞蹈。由两个武士打扮的人手持宝剑，让身上的披毡呈金鸡翅状，两人一左一右，以潇洒的脚步，面对面地在场中舞动，一唱一和。舞蹈结束，毕摩要诵有关天地起源、人类历史等方面的史诗，并要一一列举死者生前的功德。[①]

滇东北、黔西地区的彝族有"白事红办"的习俗，整个丧葬活动气氛活跃，无忧伤之感。丧葬仪式中的舞蹈，彝语称为"切嘿"。在进行斋祭时，吊丧队伍右手持领，左手拿一条毛巾，在祭场中载歌载舞。祭祀开始后，参加祭祀的人举着灯笼，放枪鸣炮，敲锣打鼓，吹鸣长号和唢呐，队伍前有一人举着燃烧的火把，围绕灵棚转场歌舞。据当地民间传说：死者的灵魂离世时，要回头看望，如果见到儿孙们笑容满面，就会放心而去，不再返回打扰活着的亲人，所以，丧葬的歌舞形式就是为了慰藉死者灵魂，从而达到死者灵魂与生者心灵的沟通。

而大部分彝族地区的送灵舞，主要目的是为了替死者灵魂开路、护灵，铲除祖灵返回祖先故地途中的鬼怪妖孽。凉山彝族在送灵仪式中要跳刀舞，不仅有跳跃、跺脚等脚下动作，也有砍杀、挥刀等手上动作。有的彝族在送灵过程中，要选两名青壮年男子戴狮虎面具在前开路，目的只有一个，就是为祖灵安全护驾，开煞除邪。

云南澄江等县彝族的送终或送灵仪式，俗称送阴灯或跳阴舞。仪式在夜晚荒郊野坟旁举行，届时，送阴的人举着鬼火般的幽灯，打着鼓，为置放尸体的棺木引路。队伍最前面，是两个涂画着怪脸，穿着怪装的男女"魔鬼"。他们边走边打鼓跳舞，当行到半路，"鬼怪"们悄然离去。[②]彝族认为，只有举行送阴以后，阴魂才能被送出村寨，不与人间发生纠缠。四川攀枝花市迤沙村的送阴魂仪式在埋葬死者的当天晚上，在死者家中进行。彝族认为，人死后灵魂仍会留守家中，所以要驱逐归入墓地。当晚，几个男青年有的手执棍棒，有的手提铁链，有的拿长刀等，在死者家中的每个角落跳驱阴舞。

花鼓舞也是流行于云南峨山、易门、玉溪、新平等地彝族中的

①海来木呷等：《彝族丧葬仪式及其歌舞》，载《民族文化》，1983年第6期。
②周凯模：《祭舞神乐》，第32页，云南人民出版社，1992年版。

载歌载舞的四川凉山彝族青年男女。
曾承东摄

一种丧葬舞蹈，现今已改编成为一种民俗表演性剧目。峨山县现还专门设有花鼓舞组织，在村寨的公房内供有花鼓娘娘神位，每次跳鼓前须杀鸡祭献。新平县彝族的花鼓舞表演队伍的规模宏大，须在十五人以上，女性打鼓，男子伴以刀、枪、棍棒舞蹈。祭跳的对象为五十岁以上正常死亡的老人。在彝族的宗教观念里，只有正常死亡的老人的灵魂才能变成神，能够归入祖先神的行列。而非正常死亡者，其灵魂只会变成鬼，会时时加害于人，灵魂不能归入祖先行列，所以也就无权享受花鼓舞。

娱神驱鬼舞

广泛流传于滇南彝族地区的传统舞蹈烟盒舞，最初源于对英雄祖先的崇拜和怀念之情。有一传说是：古时候，今石屏异龙湖畔有个彝族部落首领名叫罗色，他英勇善战，风流倜傥，曾率众抵御外族的侵袭，保卫了家乡。后来，彝族人民为了感谢英雄祖先的恩德，便在湖边的五爪山上盖起了罗色庙，在每年农历二月初十祭祀他的日子里，青年妇女便聚在庙中跳起了裸体烟盒舞。①同样，流传于云南弥勒、石林县彝族中的"阿细跳月"，也源于对洪荒时代祖先的追忆。据彝族长篇古歌《阿细的先基》记述，在远古人类的第二代，即"蚂蚱直眼睛"时代，水牛和山羊为争占地盘而发生了格斗，牛角与羊角撞击迸发出的火花引发了山火，熊熊燃烧的大火烧了七年七月七天。烧焦了森林和大地，幸存的吉罗涅底泼和吉罗涅底摩两兄妹躲进石洞里而得以逃生。大火灭后，两人走出山洞，但大地仍是灼烫的，两兄妹只有不停地轮换双脚起跳，双手合拍。久而久之，就演变成了今天闻名于世的"跳月"的主体动作。从以上的两个民俗舞蹈可以看到，彝族的祖先崇拜观念对彝族的民间舞蹈起源产生了一定的影响，今天人们跳这些舞蹈，就是为了唤起族人对远古祖先的敬重和思念。

笆笼是彝族妇女生产生活中的常备用具，用竹篾编织而成。彝族认为笆笼附有神性，每当逢年过节都要祭笆笼，并跳笆笼舞。云南蒙自县彝族称这种神灵为笆笼娘娘，神像制作简单，先用木叉、谷草扎一个草人，上罩通底的笆笼作为上身，然后按当地妇女的衣着装饰即成。当祭过笆笼娘娘后，妇女们随音乐的韵律上下左右摇晃笆笼而舞动。跳笆笼舞的目的是祈求笆笼娘娘为妇女们带来所需所愿。

驱鬼舞是各地彝族普遍存在的一种宗教性舞蹈，扁鼓舞是当中较具代表性的驱鬼舞蹈。扁鼓也称"皮扇"、"羊皮鼓"。鼓为单面蒙皮，带手柄。舞者为巫师一人。舞蹈时，巫师一手握鼓柄，一手握鼓槌敲鼓面，在病人周围或患者家中各个角落边跳边击鼓，口里不停地诵咒。彝族相信通过诵咒语、跳扁鼓舞，就能震慑驱赶作祟于人的各种鬼怪。

云南南涧县、易门县彝族的跳哑巴是较具特点的一种驱鬼舞蹈。易门县彝族于每年正月初四举行。届时，由十四人组成的驱鬼队伍，从哑巴石前祭神起坛，进入每户的院里屋内，用竹棍、棕叶边敲边舞，然后跳到村中广场上。当装扮哑巴公、哑巴母的二人"死去"，

① 孙官生：《论云南原始宗教舞蹈之辐射》，第10页，载《民族艺术研究》，1991年第3期。

193

就表示能使村寨人变哑的恶鬼已被驱除。南涧县彝族于每年农历二月初八进行。届时，由六名男子戴上造型怪诞的纸面具，赤身涂画黑白二色花纹，分别扮成两对哑巴夫妇和两只哑巴孔雀，逐户入室后，在室内各个角落狂跳，以示驱除可能隐藏在角落的哑巴鬼。

此外，云南双柏县大麦地乡峨足村的彝族，于每年农历六月二十四日火把节期间，村中未成年男子要头戴棕壳面具，在赤裸的身体上描画，扮成小豹子的模样，挨家挨户入室、上房顶跳小豹子舞，以驱邪逐疫，祈求平安。传说远古的时候，峨足村发生流行性瘟疫，几乎夺走所有人的生命。突然有一天，从山上跑来了一群小豹子，驱除了作祟的恶魔，阻止了瘟疫的蔓延，挽救了族人，繁衍了后代，而这一天恰逢农历六月二十四日火把节。从此以后，彝人为了报答小豹子的救命之恩，便世代沿袭了火把节期间跳小豹子舞的习俗。

云南双柏县峨足村彝族在火把节期间，裸身绘纹装扮成的"小豹子"必须头戴棕壳面具，以免被人认出，未成年男孩也只有跳过小豹子舞以后才能结婚。

欧燕生摄

　　土掌房是地处云南哀牢山区的双柏县峨足村彝族独具特点的民居建筑形式，这里一直保留着裸体傩舞小豹子舞，彝语称"余莫拉格舍"。每年六月二十四日火把节期间，头戴棕壳面具，裸身绘纹装扮而成的"小豹子"们要在每户的屋内、房顶上跳小豹子舞，以驱邪逐疫，祈求平安。　　　　欧燕生摄

云南双柏县峨足村彝族认为小豹子曾救过祖先，跳小豹子舞能保村寨、家庭的平安。图为"小豹子"们威风凛凛地站在土掌房顶上。　　欧燕生摄

2

为神谱曲

　　彝族的宗教音乐，主要体现在各种祈神祭祀的宗教活动之中，其功能有三：一是增强活动的气氛和隆重感；二是唤醒神灵以震慑妖魔；三是调节活动的节奏。这三个功能往往交织在一起，显现出了宗教音乐的神秘色彩。

　　每年正月十五日，云南石林县彝族支系撒尼人都要举行规模盛大的祭山神活动。仪式由毕摩和八名公推的成员组成。早上十点左右，由唢呐方阵、锣鼓方阵、鸣笛方阵组成的强大乐队在祭祀主持集团带领下，首先绕行整个村寨一周，沿途唢呐声、锣鼓声、长笛声此起彼伏，以昭示全村寨的人：祭山神的吉日已到。之后，又浩浩荡荡向山神庙进发，前有执竹竿者引路扫障，后有数百名男子担锅、抱鸡、携香烛跟随。当宰猪祭祀过山神后，又奏响各种乐器，刹那间，各家各户争相前往庙前宰鸡放爆竹。中午野餐过后，毕摩等主持集团在前手端猪头肉等祭品，在车队护送下，徐徐进发摔跤场。摔跤比赛在开始和结束时，同样要奏响音乐。在整个祭祀

吹竖笛的四川凉山彝族老人。

月琴是"德培好"祭先祖阿傈活动的歌舞表演中，彝族男子最钟爱的乐器。　欧燕生摄

吹奏唢呐的四川凉山彝族老人。

活动中，每一个仪式结束，准备进行下一个仪式时都要奏乐。

云南大理彝族支系白依人在朝山节中最隆重的仪式是祭拜祖宗莲姆仪式。在举行拜祭莲姆过程中，数十支大小唢呐要齐声长鸣，以显示不同凡响的祭祀活动的规模。莲姆是白依人的祖先，传说在她九百岁的时候，突发大火，烧死了许多儿女，是蜜蜂救出了莲姆及她的十个儿女，但在飞越金沙江的时候不幸失散。散失的儿女们在各地繁衍了后代，因子孙们思念莲姆老祖，便定期祭祀，并用唢呐象征莲姆所吹的竹管，以呼唤先祖，呼唤族胞。

云南富宁县彝族认为铜鼓具有神性，平时掩埋在地里，只有在祭祖时才将铜鼓从地里挖出作为神圣乐器。

云南民族博物馆提供

铜鼓，本是一种打击乐器，但彝族赋予铜鼓以神性。认为铜鼓之所以能发出洪亮的声音，是铜鼓蕴藏着神性，具有神的威力，故平时埋藏于地下，不能轻易触碰，更不能敲击，只有在祭祖的日子里才从地里挖出作为乐器使用。广西隆林、那坡及云南富林县彝族至今仍保留有这样的观念和习俗。广西隆林县彝族还传说铜鼓会和龙打架，故铜鼓不能近水；鼓身经常挂着山羊角，以防止它"飞走"；敲击前要先杀鸡祭之；打鼓必须自头至尾打完一通鼓点，中途停止会"头痛"等等，给铜鼓蒙上了一层神秘的面纱。

另外，毕摩在主持祭祖、丧葬活动时都要携带神铃，在祭祀过程中，常边诵经边摇铃以震慑鬼怪。昆明地区彝族毕摩在作法诵经时，为了调节控制念经节奏，常使用木鱼和音禄架。巫师替病人招魂驱鬼时，常使用羊皮鼓和铁环，以助法威。

神画巫符

　　彝族民间绘画的构思、取材大多来源于各种神灵崇拜观念。云南南涧县虎街山神庙内现存纪日十二兽神壁画，庙正壁中央上端绘一只黑色大虎头，虎头左下侧依次绘有虎、兔、穿山甲、蛇、马、羊，右下侧绘猴、鸡、狗、猪、鼠、牛。平时，该庙周围各村寨的彝民遇人畜患病，家境不利，都要选择吉日前往祭祀。每隔三年的

云南石屏县彝族供奉在神龛上的狮子，以保家庭的清吉平安。

云南民族博物馆提供

云南丘北县彝族放在房屋上的陶虎头，随意捏塑而成，用来镇守家宅。

云南民族博物馆提供

云南石屏县彝族常年供奉在神龛上的黑陶虎，用来避邪驱灾。

云南民族博物馆提供

首月，即虎月的第一个虎日，远近各彝族村寨要举行一次大祭。此外，这里的彝族每家都要供奉一幅由巫师绘制的男女祖先画像，彝语称为"涅罗摩"（"涅"义为神灵或祖先），即把男女祖先合称为母虎灵或母虎祖先。等待三代以上的祖先灵位送入山林，举行祭祖大典时，要把在葫芦瓢凸面绘虎头的吞口悬挂于大门楣上，表示这家人是虎的子孙，正在祭祖。

毕摩画是彝族民间绘画种类中较具特色的绘画形式之一。绘画的目的带有明显的功利色彩，绘画表现的主题来源于彝族信仰的神灵。云南永仁县彝族支系俚颇人为了祈求祖神对家人的庇佑，使祖先神随时能得到享祭，常请毕摩到家中，将三代祖先的形象用各种不同的颜色绘出后，祭供在正房楼上，每当逢年过节或家遇不幸，都要祭献。这里的彝族还认为，各行各业都有相应的主事神。当走进彝家，还可看到在谷仓旁主宰粮食丰歉的仓龙画像，灶台上方张贴的灶君神画像，行医家庭供奉的药王三圣画像，木匠之家祭供的鲁班神画像，经常出山打猎人家中供奉的猎神画像等。此外，还有一种家堂神画像，是在草纸上绘制而成，幅宽六十厘米，高约九十厘米，纸上密密麻麻地绘有近百个各种神祇。据说，只要家中供祭了这种画，就可保一切平安。

彝族信奉自然崇拜，所以，各种自然神祇也就成了祭供的对象。云南巍山县密撒支系的彝族，保存有阿闭阿奶画。画面上的阿闭阿奶头裹包头，身穿大襟衣、宽脚裤，赤足，嘴含长烟锅，在阿闭阿奶的左右两旁，分别站着龙神、火神、天神、地神、财神、灶神、山神、树神等十八位神，在阿闭阿奶的脚下展现出的是广阔的生活画面，上有鸡、猪、牛、羊、稻谷、荞子、包谷。如此众多的神和众多的物集中反映在一幅画面上，充分体现了彝族人民的聪明才智和高超的绘画艺术。

云南呈贡县彝族制作的上釉瓦猫。置于屋顶或楼檐上，以驱秽纳福。

云南民族博物馆提供

云南呈贡县彝族瓦猫，胸前执有八卦图，龇牙咧嘴，煞气十足。放在房屋的楼檐上，以保家宅平安。

云南民族博物馆提供

在云南永仁彝族的观念中，中柱是房屋的主心骨，柱墩有石虎保护，家庭就能获得平安。

咒符是彝族防止鬼魔缠身的一种巫画，多由毕摩绘制，经过念咒施法，悬挂于患者身上。凉山彝族驱除风湿病鬼的咒符，彝语称"丝吐色吐特侬"。画写方法是：请毕摩到主人家中，就坐于火塘右上方后，先在一大张白纸的中央画一个人像代表患者，再围着人像用彝文写若干圈咒语，内容大意为咒各类风湿病鬼，请各神灵来保护患者。然后在文字圈外，纸的上方画日形、月形代表日神、月神，纸下方画龙、孔雀和支格阿龙（传说中的英雄）手持铜网兜降雷的画像。咒符画好后，毕摩将纸折叠起来。折时，人像向外露在中间，其手脚不能受折，否则日后患者手脚会疼痛。最后将这张咒符缝入一小布袋内挂在患者身上，就能防止风湿病鬼缠身了。[1]

①巴莫阿依：《彝族祖灵信仰研究》，第194页，四川民族出版社，1994年8月版。

4

避邪灵物

在彝族民间美术的天地里，石雕泥塑和吞口面具独具特色，可称民间美术中绽放的两枝奇葩。它们不仅具有审美、装饰的艺术功能，同时具有避邪免灾的宗教功能。

石雕泥塑

彝族民间的石雕泥塑之物，多用来镇守家宅，阻止鬼魅妖孽进犯家庭。选择的对象有虎有猫也有狮，有的置于宅门两边，有的安在门楣上，有的放在中柱脚前，有的安在房檐上，但都具有避邪的功能。云南永仁县彝族支系俚颇人家，有的在正屋的中柱脚下放置有一对石虎，彝族视中柱为家宅的主心骨，中柱有石虎守护，家庭就能得到平安。滇南红河一带的彝族石虎，形体粗壮笨重，用整体粗石简单雕琢而成。

云南文山彝族的陶虎头，形似骷髅，双眼深凹，龇牙咧嘴，嘴巴大张，五官夸张，甚为恐怖，常放置在住宅的屋檐上，确有吞噬进犯家宅鬼魅的震撼力量。云南呈贡县彝族瓦猫，有的放在门楣上，有的置于屋檐上，用黄泥土捏制而成，胸前还执有一醒目的八卦图，并涂有红油漆，四肢直立于瓦背上，耳朵高竖，眼睛向外突出，头顶"王"字，显得十分机警和凶悍。在彝族民间，虎与猫实则同一动物，猫就是虎，虎即为猫。

云南石林县彝族支系撒尼人，几乎每家每户的房檐上都安有石虎，有的放一个，有的放两个。安放石虎必须要选择吉日，认为虎日安放的石虎最具灵性。安石虎时，必须要请舅舅回来开光点血。届时，舅舅要捉一只红公鸡，先念一阵消灾、镇邪等咒语后，随即

①滇南石屏县彝族制作的灰陶虎，造型奇特，憨态可掬。作镇邪之用。
云南民族博物馆提供

②楚雄彝族木雕虎头吞口。口含利剑，悬挂在门头上用来吞食邪秽，镇守家宅。
云南民族博物馆提供

③云南禄丰县彝族在火把节期间使用的纸糊彩绘面具。共有三个，白脸面具代表诸葛亮，红脸代表关公，此黑脸面具代表孟获，有三只眼，据说能洞察阴间之事。
云南民族博物馆提供

④云南呈贡县彝族瓦猫，胸前执八卦图，上釉，形状千姿百态。彝族认为将瓦猫"开光"后放在房屋的楼檐上，能够镇守家宅。
云南民族博物馆提供

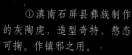

用嘴咬破鸡冠，将鸡冠的血点在石虎的五官上，烧香化纸后安上。彝族认为，经过开光后的石虎就被赋予了神性，具有避邪的功能。如果一个家庭有两个或两个以上的舅舅，就得安两只或三只石虎。安放好的石虎，不准轻易触摸它，即便要稍加挪动位置，也要先敬香化纸钱，否则，石虎的灵性就会散失，家庭就会遭遇不幸。

吞口面具

吞口，也称镇宅面具，其作用与路口的石虎、门檐的瓦猫等大抵相同。云南楚雄一带的彝族吞口，形状为虎头，用整块木质雕刻而成，一般都带有长柄，呈勺的形状。其中的"五虎吞口"最具特色，在一个大虎头内含有四个小虎头，即额头上一个，两只眼珠中各长一个，口中咬的剑柄也雕成虎头形状，形象威严肃杀。彝族认为，吞口在虎年虎月虎日刻制，选虎日悬挂最能灵验，将它悬挂在门檐上，能吞食邪恶，镇守家宅。此外，前述崇拜虎的部分彝族，在举行祭祖大典时，要将葫芦瓢凸面涂红，绘成狰狞的黑虎头，然后在史诗的吟唱声中，把瓢绘虎头悬于大门门首正中。这类吞口不是用来驱邪的，而是图腾祖先的象征。

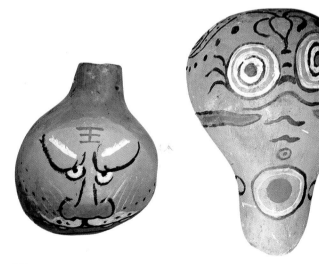

云南楚雄彝族的葫芦瓢绘虎头吞口，在祭祖时挂在门楣上，代表自己是虎的后裔。

云南民族博物馆提供

云南双柏县彝族在火把节上使用的跳虎面具。舞者身穿草衣，头戴面具，扮成虎公虎母模样，挨家挨户进屋驱邪除秽。

云南民族博物馆提供

彝族节祭面具深受各种灵魂崇拜观念的影响。云南双柏县罗婺村的彝族在火把节期间使用的面具，特点突出。届时，要挑选两个青年男女装扮成公、母虎神，头戴像人又似虎的木雕面具，面具的嘴装有野猪或獐子獠牙，跳虎舞者身披草裙草衣，赤足。周围的人则扮为牛马、野兽，随虎神共舞。虎神所到之处，人们争相奉献食物和酒，以求吉祥。

云南禄丰县高峰乡彝族在火把节期间，要制作三个竹扎纸糊的大面具。三个大面具中，白的代表诸葛亮，红的代表关羽，黑的代表孟获；一说代表白蛮、红蛮、黑蛮的首领，或太阳、月亮、土主。面具高约一百二十厘米，宽约八十厘米，面部造型怪诞，头戴绘有彩色图案的尖冠，耳际有两个人头，俗称抢耳神。孟获的脑门多一只眼，传说是专管阴间之事的，能够镇邪避邪。三个面具可谓目前见到的最大的面具。节日的第三天，由数十名小伙子组成的刀舞队，以及由三名中年男子率领的面具队，在锣鼓队的伴随下到村中挨家挨户驱鬼逐疫，并请彝族毕摩念《驱鬼除邪经》。

云南易门县彝族的哑巴神面具，为避邪面具，用一只稍作处理的有背带的火草包或麻布袋制成，两面均绘有传说中的哑巴公面像，造型稚拙古朴。面像五官用蓝、红、白三色细线描绘，额部两端插缚几根雉尾作为装饰。表演时，将火草包或麻布袋倒套在头上，背带垂于胸前。由于面具眼部未镂空，故要在火草包或麻布袋中垫一些杂物、树叶，使人脸与面具之间产生一些空隙，以便朝外视物。

此外，彝族的避邪面具也常使用在各地的丧葬习俗中。云南师宗县彝族的丧葬礼仪面具，用整木雕刻而成，施彩绘，用绳扎戴在人面部，用它来驱逐震慑沿途的鬼怪。云南石林县彝族的丧葬面具为狮虎，出棺前，有两人戴套头狮虎面具在前开路，沿途跳面具舞，以示驱除祖魂回归祖地途中的妖孽。

后 记

　　我从小生长在偏远的彝家山寨，亲眼目睹和体验到彝族原始宗教对彝族社会生活和思想意识的强烈影响，心里早已萌发写一本有关彝族原始宗教文化方面的小书的想法。到云南民族博物馆工作后，有机会赴各地彝区开展民族文物的征集和田野调查工作，积累了一些第一手资料，在参阅前人大量的调查资料和研究成果的基础上，完成了这本小书。虽然初衷是想系统介绍彝族的原始宗教文化，但限于本丛书的统一要求和篇幅，有些内容只有割爱，难免留下些许遗憾。

　　拙著从选题到付梓，倾注着很多前辈、同仁的关爱和心血。丛书主编、云南省社会科学院宗教研究所所长杨学政研究员为鼓励我这个后学，把此书的选题列入整套丛书之中，并仔细地为我审定了撰写大纲。彝族著名学者左玉堂、乌谷、张纯德、普学旺等研究员以及云南民族博物馆谢沫华馆长、普卫华副馆长给了我极大的鼓励和具体的帮助。段明明、杨兆麟、欧燕生、杨军等同事提供了许多珍贵的照片，使此书增辉不少。在此，一并表示由衷的谢意。

　　为使本书尽量与丛书的体例、风格、要求相符，此书虽经过了几次修改，但限于学识，一定存在很多不足之处，敬请专家、学者赐教指正。

起国庆

2002年8月于昆明梁家河寓所